雪の夜のダイヤモンドベビー

リン・グレアム 作
久保奈緒実 訳

ハーレクイン・ロマンス
東京・ロンドン・トロント・パリ・ニューヨーク・アムステルダム
ハンブルク・ストックホルム・ミラノ・シドニー・マドリッド・ワルシャワ
ブダペスト・リオデジャネイロ・ルクセンブルク・フリブール・ムンバイ

GREEK'S ONE-NIGHT BABIES

by Lynne Graham

Published by Harlequin Japan, a Division of K.K. HarperCollins Japan, 2025

リン・グレアム

北アイルランド出身。10代のころからロマンス小説の熱心な読者で、初めて自分で書いたのは15歳のとき。大学で法律を学び、卒業後に14歳のときからの恋人と結婚。この結婚は一度破綻したが、数年後、同じ男性と恋に落ちて再婚するという経歴の持ち主。小説を書くアイデアは、自分の想像力とこれまでの経験から得ることがほとんどで、彼女自身、今でも自家用機に乗った億万長者にさらわれることを夢見ていると話す。

主要登場人物

レクシー・モンゴメリー……………通訳。
メル・フォスター……………レクシーの親友。弁護士。
エズラ、イーサン、リリー…………レクシーの三つ子の子供たち。
ドメニコ・ディアマンディス………ＩＴ企業のＣＥＯ。愛称ニコ。
ジェイス・ディアマンディス………ニコの異母兄。
ジジ・ディアマンディス……………ジェイスの妻。
ビアンカ・ディアマンディス………ニコの母親。
アンゲリキ・ブーラス……………ニコの幼なじみ。実は異母妹。

1

ギリシアＩＴ業界の帝王ニコことドメニコ・ディアマンディスは、吹雪になりつつある中をＳＵＶ車で走りながら考えこんでいた。ヨークシャーの隠れ家に向かっていて、そろそろ目的地なのがありがたかった。頭の中は父親の死後、遺言執行人から渡された直筆の手紙の内容でいっぱいだった。そこには家族に関する悲惨な暴露話がつづられていた。

手紙を読んだあとは、とてつもない苦悩をかかえるはめになった。

要するに父親のアルゴスは長年、母親の親友レアと不倫関係にあり、ニコのもっとも親しい友人アンゲリキ・ブーラスは実は彼の異母妹だったのだ。

半年前ならその真実をそれほど毒々しいとは思わず、好意的に受けとめていたかもしれない。子供のころの遊び仲間だったアンゲリキのことは、ずっと好きだった。しかし、大人になってからなにかが変わった。変わったのは彼ではなく、アンゲリキのほうだった。

一カ月前、アンゲリキはニコがうつらうつらしているときにベッドに入ってきて彼に迫った。目を覚ましたニコは、そのやり方にショックを受けて彼女を拒絶した。それ以来、幼なじみとは会っていない。電話をしても彼女が出ることはなかった。

今のアンゲリキに自分が母親違いの兄だと告げれば、あのいまわしい出来事の影響がさらに大きくなるに違いない。では母親には言うのか？　アンゲリキの母親と現在も親しく、精神的な支えとしても頼りにしているというのに、どうしてそんな話ができる？　母親のビアンカは、横暴だったアルゴスとの結婚生活ですでにじゅうぶん苦しんできた。父親のアルゴスはまさに暴君で、何度も母親をだまし、はずかしめてきた。またビジネスでは嘘《うそ》をつき、詐欺を働き、気に食わない相手を破滅させ、他人を買収し、弱い立場の者を恐喝するのが常だった。

アルゴスは息子が尊敬し、目標とする父親ではなかった。父親は人をしいたげるのが好きで、恐怖と脅迫によって己の地位を保っていた。ニコはそんな父親を幼いころから嫌っていた。

アンゲリキがディアマンディス家の非嫡出子だという暴露話を偏見なく受けとめてくれそうな人物は、ニコの異母兄ジェイスだけに思えた。それはなぜか？　父親は最初の結婚が破綻したときにジェイスを拒絶し、彼は叔父によって育てられていた。つまりジェイスは父親から逃げおおせた幸運な息子であり、ニコは地獄のようだった子供時代を味わわずにすんだ異母兄をうらやましく思っていた。その過去についてはあまり考えたくなかった。だが、父親の死によって向き合いたくなかった感情がふたたび頭をもたげていて、不安を覚えていた。

降りしきる雪が激しさを増し、ニコは車のスピードを落とした。そのとき左側でなにかが動いた。小さな車が目の前を横切り、野原に突っこんでいく。彼はまばたきをし、自分が事故を目撃したのに気づいた。携帯電話を使う前に車を慎重にとめて外に出る。事故現場に居合わせたからには、救助を呼ぶより自分が動いて命を救ったほうがよさそうだった。

ニコは身長が百八十五センチあり、頑丈なブーツとコートで防寒対策も万全だった。数メートル引き返したとき、斜面の下で雪にうもれている横倒しになった車を見つけた。

急な斜面を下りていき、ニコは車のところまでたどり着いた。車は助手席側が下になっている。ロックされていなくてよかったと思いながら後ろのハッチを開け、じゃまなピンクのスーツケースを引っぱり出したとき、女性のすすり泣くような声が聞こえた。

「大丈夫だ。君を助けに来た。怪我《けが》をしているのか?」ニコは尋ねた。彼女を動かすのは危険かもしれない。

女性が息を吸う音が聞こえた。落ち着こうとしているようだ。「打撲でショックを受けているだけ……だと思います。車がとまらなくて。斜面を下りている間もスピードが上がって――」

「そんなことはどうでもいい。車から出してもらいたいか? それとも救助隊が来るのを待つか?」ニコは質問した。

「ああ、救助隊なんて。できるならここから出してもらいたいです」女性が懇願した。

「シートベルトははずせるか?」

「いいえ、ずっと上にあるから手が届かないんです」彼女が震えながら答えた。

「落ち着いて。今助ける」ニコは重いコートを脱ぎ、ずいぶん小さな車に体を入れた。この車は基本的に街乗り用で、雪道や未舗装の田舎道にはまったく不向きだった。

「これだから女性ドライバーは、と言うのはやめてくださいね」彼女が警告した。

まったく予期せぬことに、ニコは笑った。こんなときに皮肉のきいた冗談を言える女性に感謝する。声は震えていておびえているのがわかるが、彼女は恐怖と闘っているのだ。

「僕はニコだ。君は?」

「レクシーです」女性が小さな声で答えた。ニコが体を伸ばしてボタンを押すとシートベルトがはずれ、彼女が下になっていた助手席側のドアにどさりと落ちた。

初めて運転手を見たニコは、なぜ車の後部座席からでさえレクシーの姿が見えなかったのか納得した。

彼女は本当に小さな女性で、子供と言ってもいいくらいの背丈しかなかった。だが、車から引っぱり出すにはありがたい大きさだった。「僕の手をつかんで」彼は促し、レクシーに向かってできるだけ手を伸ばした。

「バッグを持っていってもいいかしら?」

「だめだ」

「でも、このバッグがないとなにもできないわ!」彼女がうろたえた声をあげた。

「今は車の外に出ることが先決だ」

レクシー・モンゴメリーは男らしい大きな手をつかみ、引っぱりあげられると息をのんだ。

次に〝僕の肩をつかんで〟と言われて、そのとおりにする。ニコと名乗る男性に引きよせられたとき、ブロンズ色の肌と黒い髪、褐色の瞳がぼんやりと視界に入った。

外国語で悪態らしき言葉を口にしながら、彼がレクシーを車の後部へ移動させた。

「もう大丈夫ですから」彼女は言った。

「打撲だけだと言っていたのに、怪我をしているじゃないか」ニコが文句を言った。無精ひげが生えた顎に力をこめて、さらにレクシーを引っぱる。「顔に血がついている」

「車が宙に浮いたときか、エアバッグが作動したときにどこかをすりむいたんだと思います」レクシーは不安定な体勢で立ちあがった。ピンヒールが雪にうもれていて震えがとまらない。着ている薄手のシャツと小粋なスカートが、こういう天候ではまったく役に立たないのを急に痛感した。「空港へ向かっていたんです」腕時計を確認してたじろいだ。「もう間に合わないわ」

「少なくとも君は生きていて、無傷に近い」ニコは自分のコートを広げてレクシーの肩にかけ、暖を取らせた。「あのバッグだが、本当に必要なのかい?」

頬の小さなすり傷から血が流れているものの、油絵に描かれていてもおかしくない容姿の女性だ、とニコは思った。肩にかかるブロンドの髪はつややかで、顔立ちは繊細、おいしそうな唇は桃と同じ自然なピンクだ。瞳の色はブルーグリーン。

レクシーは美しい女性だが、どこから見ても小さすぎて僕のタイプではない。特にブロンド女性が好みというわけでもない。母親もアンゲリキもブロンドだったが、どちらも生まれつきのブロンドではなかった。

目の前の女性に惹《ひ》かれている、という事実をどうして必死に認めまいとしている? 彼女が大雪の中でショックを受け、悲惨な姿で立ちつくしているからか? 事故の被害者だからか?

レクシーが顔をしかめてうめいた。「いいえ。あなたに戻ってとは頼めませんから」

だが、ニコは聞いていなかった。すでに半分ほど体を車の中に戻していたし、背が高いので、少し手を動かしただけで携帯電話や財布、タブレット、そのほかいろいろな必需品が入っていそうな大きな紫色の通勤用バッグを持ってふたたび外に出てきた。

「本当にありがとう。レンタカー会社に電話して、事故に遭ったと伝えなくちゃ」

「これからどこに行くつもりだ? 空港は無理だぞ。この悪路では遠すぎる」

ニコが空港まで送ってくれるかもしれないとぼんやり期待していたのか、彼女の顔が暗くなった。

「行くあてはないんです。それに土地勘もないし、ホテルで会議があったんですけど、そこはここからかなり離れているし……」

「このあたりにすぐに行ける宿泊施設はない。辺鄙《へんぴ》な土地だから」ニコは顔をしかめ、レクシーの通勤用バッグに手を伸ばした。「今夜は僕のところに泊まるといい。明日になってからどこへ移動するかを考えよう」

「あなたのところって……私、あなたを知らないのに」

「いやなら警察か友達に電話して、助けてもらえないかきいてみたらどうだい？」もともとの性格である現実主義と立ち去りたいという単純な願望がせめぎ合うのを感じながら、ニコは尋ねた。「僕はすぐにここを離れる。この悪天候では自分の家にもたどり着けないかもしれないからね」

「そうですよね」動揺しつつうなずいたものの、レクシーはまだ迷っていた。

この男性は吹雪の中、事故を目撃して車をとめると、私を横転した車から助け出すという危険を冒してくれた。見た目はまともな人という感じだ。私は彼を危険だと思っているのかしら？　ひょっとして過剰に心配性で疑い深い母親みたいになっていない？　だから、なんの罪もない男性を脅威だと決めつけているの？

レクシーはあらためて相手を見つめた。ニコはとても背が高く、体もがっしりしていて、信じられないほどのハンサムだった。あんなにすてきな人が変質者のわけはない。彼女は愚かにもそう思った。それから、そんなばかげたことを考えた自分が恥ずかしくなった。

震えながらバッグの中から携帯電話を取り出す。「あなたと一緒に行きますけど、その前にあなたとあなたの車のナンバーの写真を撮って友人に送ってもかまいませんか？」

ニコが驚いた顔をしてから笑った。「好きにしていい」

ピンクのスーツケースを持ったニコが歩きにくい場所から移動しはじめ、レクシーは写真を撮った。

それから、ピンヒールをはいた氷の塊のように冷たい足で急いで彼のあとを追った。ニコが途中で立ちどまり、彼女に手を差し伸べる。ピンヒールはすべりやすい斜面ではなんの役にも立たなかった。レクシーは自分の体力のなさに愕然《がくぜん》とし、頬が熱くなった。彼に頼りながら道路をめざしていくと、大きな黒いSUV車がとまっているのが見えた。

「ナンバーの写真を撮るんだろう?」レクシーは車に乗って寒さをしのぐことしか頭になかったが、ニコがやさしく声をかけた。

身の安全を考えるよう忠告してくれた彼に、レクシーは笑った。「そうでした」冷えきってよく動かない手でナンバープレートの写真を撮り、助手席に乗りこむと、借りていたコートを脱いで返そうとした。けれど、寒いからまだ着ていていいと言われた。そこで友人で同居人のメルに起こったことを簡潔にメールで説明し、画像を添付して送った。

とたんに急な眠気に襲われて、ため息をついた。

「くたくただわ」

「事故のせいで出ていたアドレナリンが切れたんだろうな。僕の家はこの上だ」車が数キロ進んだ先でこぢんまりとした森の中の小道へ入っていった。

「僕は一人になれる空間を大事にしている。だから家を建てる前に、ここに木を植えたんだ」

「自分で家を建てたの?」レクシーは驚いて尋ねた。なぜなら、ニコの品よく洗練された姿からは肉体労働をするとは想像しにくかったからだ。

彼の顔が緊張した。どうやら、実際に自分で木を植えたという意味で言ったのではないらしい。しかし一夜の思いがけない客に身の上話は必要ないと考えたのか、否定の言葉はなかった。

私道の先にガラスと木でできた現代的な家が現れたとき、レクシーはびっくりして口をあんぐり開けた。とてつもなく優美で、明らかに建築家が設計した建物に見える。私を助けてくれた人は私よりもずっと豊かな暮らしをしているみたい、と彼女は思った。助けてくれたうえに一夜の宿まで用意してもらうのは、ひどくずうずうしいんじゃないかしら？

「こんなことに巻きこんでしまって本当にごめんなさい」レクシーは気まずそうに謝りながら車から降り、吹雪の中で頭を下げた。

「たいしたことじゃない」ニコが苦笑した。「家は広いから平気だ」

玄関にたどり着いた彼女が脇によけて待っていると、ニコが防犯装置を解除し、快適な温度に暖められていた室内へ案内した。

「靴を脱ぐといい。足が濡《ぬ》れているはずだ」

「濡れているし、痛かったの。歩くための靴じゃなかったから」レクシーはかがんでピンヒールを脱ぎ、壁際にきちんとそろえて置いた。それから体を起こして周囲を眺める。

すごい。天井の高い位置に吊《つ》るされているのは、スターバースト・ライトと呼ばれる花火に似た輝きを放つ金属製の照明器具だ。それに美しいブロンズ像があり、石灰岩のタイル張りの広々とした玄関ホールは石と金属でできた階段に続いている。床暖房も完備されていて、氷のようだった足の裏が温められて感覚が戻っていく。

ああ、ピンヒールを脱いだ彼女は縮んでしまったみたいに見える、とニコは思った。クリスマスツリーを飾る妖精のオーナメントによく似ている。小さくて、どこか幻想的で、この世のものとは思えないところが。信じられないほどかわいらしく見えるのはそのせいだろうか？　レクシーをじっと見つめていることに気づいた彼は、相手に悟られなくてよかったと安堵《あんど》しつつ顔をそむけた。それにしても、なぜ彼女に魅力を感じているのだろう？

「君のスーツケースは客用寝室に置いておく。廊下を左に曲がって二つ目のドアだ」ニコはそう言うと、応接室のドアを開けた。「ここにある暖炉で暖まるといい。コートをかけるクロークルームと化粧室は玄関ホールの反対側にある」

応接室なんてお金持ちの家にしかないものだわ。

レクシーはニコのあとを追いかけるのではなく、不安な面持ちで彼の言葉に従った。裸足《はだし》のまま急いで薪《まき》を燃やしている人工の炎の前に行き、凍える体で暖を取る。それから借りていたコートを脱ぎ、玄関ホールからクロークルームへ入ってそこにかけた。ほかにはなにもかかっていないので、ニコは独身なのだろう。彼女は化粧室でメイクを直し、鏡に映る自分の疲れきった不安そうな表情を注意深く観察した。血をふくと、頬の下に小さなすり傷ができていた。ほかに怪我がなくて本当に運がよかった。けれどウエーブした髪をブラシでとかしたとき、側頭部にできたたんこぶに触ってしまって縮みあがった。

それから携帯電話を手にし、必要なところに連絡した。レンタカー会社に事故と車の場所を報告し、勤務先である通訳派遣と翻訳請負会社を経営する社長のアイリーンにも、現在吹雪の中で身動きが取れないと説明する。

友人のジュリアからはメールが届いていた。あさっての洗礼式のためにコーンウォールへ向かうとき、友人の母親を何時に迎えに行けばいいのか忘れていないわよね、という確認の内容だ。

この悪天候ではロンドンに戻れないのではと心配になり、レクシーは顔をしかめた。それでも、ジュリアに今の状況を知らせてストレスを与えるのはやめた。赤ん坊の名づけ親となった以上、洗礼式には出席しなければならない。とはいえ、レクシーは自分がその役に選ばれたことに驚いていた。ジュリアが大学を中退し、結婚して田舎に引っ越したあと、彼女とは一度しか会っていなかった。

それにしても、自分が不在だからって仕事に影響はないのになにも考えずに社長へ連絡したなんて、とレクシーは苦笑した。同僚に比べて彼女の仕事量は少なかった。専門である韓国語とフランス語はスペイン語や中国語ほど需要が高くない。自身の生い立ちから習得した言語だから、選択の余地がないのはしかたないけれど。

レクシーは銀行員の父親が働いていた韓国で育ち、フランス語を話す母親から第二外国語としてフランス語を学んだ。語学を学ぼうと決めたのは純粋に現実的な理由からだった。父親ともめたあげくに離婚したあと、母親は心身ともに弱っていたため、一刻も早く安定した職を見つけたかったのだ。そこで語学の学位を取得するために勉強しながらアイリーンの依頼をアルバイトとしてこなし、同時にレストランでも働いて生活費を稼いだ。


自分の夢を犠牲にした結果、私の人生はどうなった？　その陰鬱な疑問はどんなに追い払おうとしても、ふとした瞬間に戻ってきた。いくら支えても、母親が娘の努力に感謝することはなかった。そして家政婦もいない、なにをすればいいか指示する男性もいない生活がつらくて、弱っていった末に他界した。たしかに母親はとても繊細な心の持ち主だった。これまでの人生でいちばん思いきった行動といえば、反対する両親を振りきってかなり年上の男性と結婚したことだった。

レクシーはフランスにいるという亡き母親の家族には会ったことがなかったけれど、祖父母が亡くなったのは知っていた。離婚後、母親は挫折感に打ちのめされ、決して家族とは連絡を取らなかった。父親はというと、今はずっと若い後妻と長い間切望していた息子に夢中だった。父親が欲しかったのは息子であって、レクシーという娘ではなかった。父親はその気持ちを隠そうとせず、娘に自分の失望を見せつけつづけた。

傷ついた過去の記憶を追い払いながら、レクシーは玄関ホールに戻った。そこでは家の主人が彼女を待っていた。

「部屋に案内しよう。僕もそうだが、あんなことがあったあとでは君もシャワーを浴びたいんじゃないか？」

この人はすぐにも私を追い出したがるはず、とレクシーは思いこんでいた。そう考えるのが現実的だった。決めていたことを口にしようかどうしようか迷っているうちに、恥ずかしくて頬が赤くなった。

「助けてくれたお礼に夕食を作ろうと思っていたんです……食料庫《パントリー》に食べ物があれば、なんだけど」彼女はおずおずと申し出た。

ニコはレクシーを見つめた。「それはご親切にどうも」彼女の澄んだ海を思わせる色の瞳は不安そうで、寛大な態度をとりたいという衝動を抑えられなかった。おかげで、自分がかなり料理が得意だと伝えるタイミングを失った。

支配的な父親から地理的に離れたあと、ニコはギリシアでは決して味わえなかった自由を手に入れた。ロンドンで経営大学院《ビジネススクール》に通っていたころは、父親が押しつけてきた使用人つきの広大なアパートメントと警備を拒否し、ディアマンディス家の富を享受するよりも普通の生活がしたいと訴えた。当主としての地位を自慢したい父親は、息子のその返事を嘲笑した。しかし普通の人々がどういう暮らしをしているかを理解したからこそ、ニコは現在のように成功できたのだ。

「まずは着替えてきます」レクシーが明るい声で言った。緊張した表情が一変して笑顔になる。その表情は雨あがりの晴れた空を思わせ、ニコの心は温かくなった。

広くて趣味のいい客用寝室も、玄関ホールや応接室と同じくらいすばらしかった。レクシーは通勤用のバッグを開け、自分専用の浴室を使うために必要なものを取り出した。どこを見ても贅沢《ぜいたく》としか言えないものばかりだ。

ニコは何者なのかしら？　銀行口座にゼロが並ぶ映画スターとか？　そうだとしても、私は彼を知らない。たしかに、映画業界で活躍していてもおかしくない容姿の持ち主だけれど。

玄関ホールでニコを見あげたときは、あまりの魅力にうっとりしそうになった。まさに思わず目を奪われるほどすてきな男性だ。青みがかった黒髪は雪で濡れて完璧な形の眉にかかっていた。まっすぐな鼻も完璧で、モデルのように高い頬骨と肉厚で見事な唇を際立たせていた。ニコはモデルなのかもしれない。あるいは、ただ容姿端麗なだけの男性なのかも！

ああ、どうしてニコのことばかり考えているの？

その疑問には簡単に答えられた。彼が今までに会った中でいちばん見た目のいい男性だからだ。大理石でできたシャワールームに入ったレクシーは、持ってきたシャンプーとコンディショナーではなく用意されていた高級品のほうを使った。

これまでの人生で異性と接する経験はあまりなかった。十五歳のときから勉強と仕事、それにふさぎこみ取り乱しがちだった母親の世話に明けくれてきた。すべては父親が休暇旅行だと言ってなにも知らない母親とレクシーをロンドンへ連れていき、離婚したいといきなり言い出すと、二人を置き去りにして姿を消したせいだった。

その母親が亡くなってまだ一年しかたっていない。レクシーは数年ぶりに心配事から解放されていたものの、同時に深い寂しさも味わっていた。父親への考え方を変えてほしいと願いつつも母親のことは愛していた。母親は父親には絶対に逆らってはいけないと固く信じていた。そういう考え方をしていたから崇拝する夫から粗末に扱われてきたのだとは、最後まで理解しなかった。

機能不全に陥った両親の関係を見て育ったせいで、レクシーは男性に対する警戒心が強かった。父親は厳しいしつけをする怖い人だった。そして娘を欲しがらなかったくせに、レクシーには試験の成績から外見までのあらゆる点で完璧であることを強いた。

もし十代の自分がもっと反抗的だったら、父親からどんなふうに抑えつけられていたか、想像するだけでぞっとする。けれど幸運にも、彼女が反抗的な態度をとる年頃には父親はいなくなっていた。母親も同様だった。なぜなら母親は十代のレクシーがなにを着ていても気にせず、自らの殻に閉じこもりつづけていたからだ。

それでもレクシーが普通の十代らしくいるには、現実的な問題が多すぎた。母親は肉体的には存在していたとはいえ、精神的にはどこか遠い場所をさまよっていたので家賃の支払いや食料品の買い物、通う学校についての心配をしなければならなかったせいだ。アイドルに夢中になる暇などなく、違法と知りつつも十五歳で地元のレストランの厨房《ちゆうぼう》に潜りこみ、四六時中働くことで母親の代わりに請求書の支払いをしていた。

やっとまともな賃金を得られるようになったのは学校を卒業してからで、そのころにはデートする時間もできた。しかしまわりには誰もいなかった。せいぜい、彼女に目をつけて誘惑しようとする気の多いシェフ見習いが一人か二人いたくらいだ。だから恋愛に不慣れで、魅力的なニコに熱を上げても無理はなかった。

髪を乾かしたあと、レクシーは前の夜に用意していたのに会議が長引いたせいで着ることのなかったヨガ用パンツとTシャツを身につけた。さっぱりした気分でどこへ行くにも持っていく通勤用バッグを持ち、玄関ホールへ戻った。外はすでに暗く、ガラス一面が雪で真っ白になっていて、彼女は顔をしかめた。

「ひどい降り方ですね」背後で音がしたので、心配そうな口調で言った。

「ああ、ひどい吹雪だ。飲み物をどうかな？」振り返ると、ニコが応接室のドア口にいた。「天候はどうしようもないからリラックスしたほうがいい」

「そうですね」レクシーは小さくうなずいた。

「なにを飲む？　なんでもあるよ」ニコはすました笑みを浮かべていて、彼女はどきどきした。

「白ワインをお願いします」レクシーは顔が熱くなるのを意識しながら、相手に気づかれていませんようにと祈った。幸いニコが背を向けたので、彼のあとについてとても豪華な部屋に入った。ホテルに泊まるのに靴がもう一足必要とは思っていなかったから、裸足のままだった。

ワインは秘密のワインセラーから出てきた。じろじろ見ないようにしたけれど、王族でも訪ねている気分だった。応接室に隠しセラーがある人なんているる？　緊張した笑顔でワイングラスを受け取り、座り心地のよさそうな肘掛け椅子の端に腰かけた。深く座ったら足がぶらぶらすると思ったのだ。

「では、君は出張でヨークシャーに来たんだね？」ニコが気軽な口調で尋ねた。

「ええ。韓国のIT企業の通訳として会議に出席していました。韓国語とフランス語が話せるんです。父がソウルで働いていたので、生まれてから十五年間はそこで暮らしていました」

「興味深いな」ニコは少し熱心すぎる目をレクシーに向けた。なんてすてきな女性だろう。白い肌はしみつなく、きらめく瞳は海と同じ色で、目をそらすのがむずかしい。赤信号のように赤くなっている彼女に気づいたニコは、自分のぶしつけな態度に驚きつつ手の中のグラスに意識を向けた。

「キッチンへ案内してもらえますか？」レクシーの声は小さかった。

「見つめたりしてすまなかった」ニコは口を開いた。「君はきれいだが、身の安全は保証するよ」

レクシーが笑った。「私も同じ約束ができたらいいのに」

ニコは夜を思わせる瞳で彼女を見つめ返した。

彼女が真っ赤になった。「あなたも信じられないほどきれいだけど、身の安全は保証しますから！」

「キッチンへ行こう」この危険な会話を終わらせなくては、とニコは思った。

2

ニコは十四歳になるころには、女性からありとあらゆる形で誘われてきた。しかし……。

「誰も僕をきれいと言ったことはないな」先ほど会話を終わらせたにもかかわらず、いつの間にか口が開いていた。レクシーはキッチンの戸棚をばたばた開けたり、さまざまな品がつまった食料庫《パントリー》をチェックしたり、冷蔵庫の中身を調べたりしている。

「ええと、その人たちはあなたをよく見ていなかったんですね」彼女が頬をほてらせてつぶやいた。ニコがかなりの種類のスパイスをそろえていること、ありとあらゆる調理器具を持っていることに気づいて理想的なキッチンだと思っているようだ。

ニコに食べ物のアレルギーがないか確認してから、レクシーが野菜を洗い、刻みはじめた。

「僕はきれいじゃない」彼は強い確信を持って告げた。

「好きに言っててください」それでも、ニコをきれいだと思う私の気持ちは変わらないけれど。レクシーは思ったままを口に出してしまったことを後悔していた。車のナンバープレートの写真を撮るのを許可してくれたおかげで、彼といても危険でないのはよくわかっていた。

同年代の女性がするような雑談ができない自分が恥ずかしかった。ニコは私をきれいだとほめてくれたけれど、彼の前にいると不器用で女らしくないと感じてしまう。でも、その言葉が聞けただけでも全身で感謝している。そんなふうにほめられた記憶はない。髪や瞳の色は同じなのに父親からは低い身長や、数学やスポーツの成績の悪さを嘲笑された。そうやって長年、些細《ささい》な理由で傷つけられては自己肯定感を奪われてきた。だからこそ、愛する母親をどんな形であれ支えたいという気持ちが強くなったのかもしれない。

ニコは、レクシーがプロのシェフも顔負けの速さで野菜を刻み、使ったことのないスパイスで味つけした牛肉を手際よく炒《いた》めるのを驚きの目で見守った。たしかに彼も料理はできたが、目の前の女性にはできないと思っていた。

「料理は韓国で習ったのかい？」

「いいえ、イギリスで習いました。これはレストランの厨房《ちゆうぼう》で七年間、アルバイトをした成果です。最初は皿洗いや野菜の皮むきから始めたんですが、辞めるころにはシェフの仕事もこなせるようになっていました」

「何歳から働いていたんだ？」

「十五歳からです……ええ、違法だったのはわかってますけど、母と私にはお金が必要だったので」

「お母さんは働いていなかったのか？」ニコは顔をしかめた。

レクシーが華奢《きゃしゃ》な肩をすくめた。「働けなかったんです。離婚で落ちこんでたから」

彼はうなった。「僕もよく母に父と離婚したほうがいいと迫ったが、母は離婚は死よりも悪いことと考えていた。だから悪い結婚がもたらすダメージならある程度は理解できるよ。お母さんは大人として、君に問題を解決させるべきじゃなかったな」

「どうしてですか？　母は一日も働いた経験がなかったんです。十八歳で結婚して、家政婦になんでもしてもらって、あとは父に指図される生活だったので。お金がないと生きていけない人だったし……どうすればいいかわからなかったんでしょうね」彼女が米をとぎながら語った。

アイランドキッチンのスツールに腰かけたニコは、目の前に置かれた彩りも鮮やかな料理を眺め、彼女からナイフとフォークを受け取った。「おいしそうだ」

「あたりまえのことをしただけですよ。こんな家があるあなたみたいな人は……きっとおいしくないものなんて食べたことがないんでしょうね」

ニコは生まれて初めて現実を否定し、レクシーに心から共感したいと思ったが、ディアマンディス家に生まれた以上はできなかった。ニコは何代にもわたって繁栄を続けているギリシアの裕福な家に生まれ、彼自身も大学時代に開発した最初のアプリで財をなした。学生時代に料理を学んだとはいえ、人生で一度も支払いの心配をしたことはない。これまで望んだものは、子供のころに欲しくてたまらなかった幸せな家庭を除いてはすべて手に入れていた。育ったのはつねにひどくぴりぴりし、しばしば言い争いも起こる環境で、ニコは怒りっぽく議論好きで暴力的な父親をできる限り避けていた。そうしていても金の問題とは無縁でいられた。

「父は最初の結婚でできた兄と競争するよう命じて、僕の子供時代をだいなしにした。僕に兄を追い越してほしくてならなかったようだが、兄は優秀な男だったから簡単じゃなかったよ」ニコは打ち明けた。

優美な眉根が寄り、ギリシアの空を思わせる瞳が大きくなった。レクシーは女性にしては不思議なくらい愛想がよくなく洗練されていないように見えるが、それでいて独特な魅力があった。そう感じるのは、ニコは自分が魅了されているのに気づいていたうえ、そうなるからには相手は特別な女性でなければならないとずっと信じていたためだ。しかし目の前にいる女性はまさにそうなった最初の女性なのに、女性ならではの計算高さをまったく持ち合わせていない気がした。欲望については彼も正直だが、これまで会った女性たちはみな自分の印象をよくするために嘘《うそ》をついたり、真実をぼかしたり偽ったりしかしなかった。一族が代々受け継いできた富を意味するディアマンディスという姓は、どこへ行っても途方もない金額が印刷された値札として扱われた。

「なぜお父さんは二人の息子たちを競争させたかったんでしょう？」レクシーが困惑した表情できいた。

「父は兄を育てなかったし、会おうともしなかったからだ。それどころか、嫌っているとしか思えない態度ばかりとっていた。だから、僕が兄よりも優秀であることは父にとって非常に重要だったんだ。どんなに大変でも」

「親って不思議ですよね」彼女が料理を食べて水を飲んだ。ワインのお代わりは断っていた。「母と離婚したとき、父は私に対する責任からも逃れようとしたんです。私の育児にはあまりかかわらなかったから養育費を払う必要はないと、判事にも言ったそうですよ。もちろん、そんな理屈は通りませんでしたけど、払わなければならない養育費なんて父にとってははした金だったんです。なのに離婚するとなったら、母も私もまるで最初から存在しなかったことにしたかったみたいで」

「どうしてこんな深い話をしているんだろうな?」ニコは黒檀《こくたん》のような色の眉を片方上げた。「もっとワインを飲みたくないかい?」

「いいえ、大丈夫です」レクシーが自分のぶんの皿を持って立ちあがり、食洗機に入れた。

「君は料理したじゃないか。片づけは僕がする」

「でもまだそこに座っているということは、片づけたくはないんでしょう?」レクシーがすぐさま言い返した。

宝石を思わせる瞳を愉快そうに輝かせ、彼は笑みを浮かべた。「ばれたか」最後に女性から普通の男として扱われたのはいつだった? そもそもそんなことが今までにあったか?

億万長者はあまり女性にからかわれたり、ばかにされたりはしないものだ。

実際よく考えてみると、自分の話を真剣に聞いていなかった女性がいた記憶はなかった。ニコはいつでも特別扱いをされてきた。だから癖や失敗、短気やせっかちなところを指摘されたことがなかった。まるで十五カラットの貴重なダイヤモンドのように、誰からも丁重に扱われてきたのだ。

レクシーはニコのいたずらっぽい笑みにうろたえていた。それは彼がはっとするほどの美貌の持ち主だからではなく、とんでもなくすてきな笑顔が原因だろう。そのせいで私は十代の女の子みたいにどぎまぎし、妙に息が苦しくなってまともに考えられなくなっている。そんな自身の反応に動揺して、彼女はふたたびニコに背を向けるとカウンターをふきはじめた。手を動かしていれば自意識過剰にならずにすむ。

今の私ときたら、まるでうぶすぎる愚かな小娘も同じじゃないの。けれど私は男性経験がないだけで、うぶというほど子供じゃない。まともなデートをしたことすらないバージンなのがたまらなく残念だ。いつかは誰かとベッドをともにするなら、相手の男性は私に純粋な興味を持ち、少しでもいいから思いやりがある人がいい。一夜限りの関係を求める男性に時間や体を無駄づかいするつもりはない。いいえ、本当にそうなの？　レクシーは背後にいるニコをちらりと見た。彼が相手なら考えてもいいかもしれない。ニコほど惹《ひ》かれた男性は今までいなかったし、この先誰かに惹かれる機会がたくさんあるとは思えないから。

「二階へ行こう。そこの応接室のほうがもっと居心地がよくて、眺めがいいんだ」彼が言った。

レクシーは笑った。「それってあなた流の口説き文句？」冗談を言った。

「いいや、そんなありきたりな言葉で口説いたことはない」ニコがワインボトルとグラスを二つ持った。「ネットフリックスでも見ながらくつろがないか、と言うほうが多いかな」

「まあ、外は暗いからあなたの言ういい眺めは見えないでしょうし」彼女は冷静に指摘した。

「嘘じゃないぞ」堂々とした階段をのぼりきったとき、ニコが反論した。レクシーは目の前に広がる部屋に衝撃を受け、喜びと驚きで息をのんだ。

部屋の明かりは片隅の暖炉で燃える薪《まき》の揺らめく炎だけで、ガラス張りの四方の壁の向こうには雪景色が広がっていた。本当に美しく非現実的で、まるで夢の中にいるみたいだ。「すごい」

「家を建てたのはこの眺めのためなんだ」

「でも、あなたはずっとここに住んでいるわけではないでしょう？」口調はごく自然だった。

ニコがレクシーの穏やかな顔に鋭い目を向けた。

「どうしてそう思った？」

疑われていることにまったく気づかず、レクシーは肩をすくめた。「そんなに生活感がないから。ここには人のいる雰囲気も、雑然とした感じもないでしょう？　最初は高級な賃貸物件かと思ったんだけど、あなたが木を植えたと言ったので違うと気づいたんです。だから、仕事で出張が多いのかなと」

「そのとおり」ニコが納得した顔になり、肩の力を抜いてテレビをつけると、リモコンを彼女に渡した。「好きな番組を選んでくれ。今夜は君に選択権を譲りたい気分なんだ」

レクシーがずいぶん前のテレビドラマ『フレンズ』を選ぶと、ニコが驚いた顔をした。

「てっきり君はリアリティ番組を見たがると思っていたよ。『フレンズ』はかなり昔のドラマじゃないか」

「でもエキゾティックな場所でビキニを着たきれいな女性たちや、パン作りや、ファッションよりも親近感が持てる番組だわ。私はこれを見て育ったんです。くつろぐならこのドラマがいちばんですよ」

「僕はテレビを見ることを許されなかった。父が勉強のじゃまになると思いこんでいたからね」

「お父さんは少し……独断的な人だったみたいですね？」

「とんでもなく独断的な男だった」ニコがソファに座るレクシーの横に腰を下ろした。

ドラマを見る間も彼女はときどき、視線を巨大なテレビからガラスの向こうへやった。まだ激しく降りしきる雪が気になってしかたなかった。

「心配しなくてもいい。僕たちはここに閉じこめられたりしない」

「でも、あなたの車がうまってしまうんじゃないかと心配で」レクシーは反論した。

「雪がどれだけ積もっても、来週にはここを離れられるよ」ニコがなだめるように言った。

「来週って明日じゃないですけど」

「だが、週末に仕事はしないだろう？　来週もこの家にいるはめにはならないと思う」

「あなたはあまりパニックにならない人なんですね」

ニコがまた笑みを浮かべた。「どうしてそう思ったんだ？」

答えを聞けなくても彼に気にしているふうはなく、レクシーはほっとした。離婚後、なにかというと心配ばかりしていた母親を思わせる反応だった。

「ところで、レクシーはアレクサンドラの愛称かい？　それともアレクサンドリアかな？」

「どちらでもないんです。出生証明書にはアレクサンダーと書いてあります」

「女の子にそんな名前を——」

「ええ。でも父は男の子を望んでいたから、決めていた名前を変えなかったんです」

「おもしろいドラマだな」ニコがレクシーの名前の話を続けず、テレビの感想を口にした。

「だから言ったでしょうとは言わないでおくわ」彼女はからかった。けれど彼がある登場人物のせりふに激怒すると、ソファから飛びあがって口を開かずにいられなかった。「あなたも夢中になってるじゃないの！」

ニコがレクシーの小さな肩に手を置いた。「得意げだな」

レクシーは目を見開いた。彼の瞳は陰りをおびている。その瞬間、世界にほかのものは存在せず、まるで時がとまったかのように彼女は動けなかった。日に焼けた長い手がレクシーの頬に触れ、ゆっくりと慎重に指が広がった。「いいのか？」

彼女の口から抑えきれない笑い声がこぼれた。

「男の人に信じられないほどきれいと言うとこうな

るのかしら？」

ニコがふたたびほほえんだ。「そうだ……」

重ねられた彼の唇は思いのほかやわらかかった。荒々しくもなく、攻撃的でもない。それにしても、私がからかったこの人は何者なの？　これは人生で三回目のキスだ。でも私が昔好きになった人と一緒に小さなフラットを出ていこうとしたとき、母がヒステリーを起こさなければもっとしていたはず。母の面倒を見なくてはならなかったから、恋愛に時間を割くのはむずかしかった。

ニコにキスをされているのに、なぜこんなことを考えているの？　私が人生三度目のキスをしていると、彼にわかっているとは思えない。

「君の味は最高だよ」ニコが唇を離して言った。

ああ、ニコの味も最高だわ。レクシーは呆然《ぼうぜん》としつつ思った。彼がふたたび唇を重ねると、彼女は震え出し、今まで経験したことのない熱が波となって襲いかかってくるのを感じた。彼がからかうように唇で唇をかすめてから、舌で舌をなぞり、さらに強烈な感覚を与えるために奥をめざした。たった一度キスをされただけで、レクシーは想像以上の喜びを受け取っていた。胸は重くふくらみを増し、その先はずきずきとうずいて、下腹部には危険な熱が広がっていた。

「あなたはこういうことが得意なのね……」彼女は必死に息を整えながら言った。

「十四からずっと学んでいるおかげかな」

「早熟だったのね」

「僕のまわりではそうでもない」ニコはレクシーの華奢な体を引きよせ、慎重に膝の上にのせた。皮肉なことに二人ともこれまでに経験のない欲望がわきあがっていることに、かすかにおびえているようだ。たった一度のキスでニコは全身に火をつけられ、熱い情熱が解き放たれていた。この数年出会ったどんな女性よりもレクシーが欲しくてたまらなかった。

ニコは兄のジェイスに引けを取らないプレイボーイだった。亡き父親が〝海の上の娼館《しょうかん》〟と呼んだ最高級ヨットこそ所有していないが、まともに女性とつき合った記憶はない。なのに、こちらを見あげるレクシーの海と同じ色の瞳の魅力といったら……。不思議なことに、ニコは殴られたに等しい衝撃を受けていた。とはいえ彼はまだ二十七歳で、当分身を固めるつもりはなかった。

いいかげん、おかしなことを考えるのはやめろ。

ニコはレクシーのゆったりとしたTシャツの下に手を入れ、彼女がブラをつけていないのに気づいた。温かくやわらかな胸を包みこみ、とがったその先を愛撫《あいぶ》する。レクシーがあえぐ声は聞いたこともないほど甘かった。その声に興奮してジーンズが窮屈になり、彼は自分のすさまじい反応が信じられなかった。

レクシーは相反する反応の中でもみくちゃになっていた。体はニコの一挙手一投足に夢中で、ひたすら次の段階へ進んでほしいと願っている。けれど脳裏には、母親が男性について口にした警告の言葉が渦巻いていた。〝ミルクがただのときに、お金を出して牛を買う男の人がいると思う？〟母親の世代にはまだ通用したかもしれなくても、今の時代にはそぐわない考え方だ。でも私は単にニコと体を重ねようとしているにすぎない、とレクシーは自分に言い聞かせた。求めているのは肉体的なつながりであって、精神的なつながりじゃない。

そんなふうに考えるより、もっと知りたいことがあった。ニコの手が胸に触れると魔法のように興奮し、彼の舌が胸や腿の間に熱い刺激をもたらしたときは全身が燃えているのかと思った。彼女は身もだえし、もっとニコが欲しくなり、そんな自分を歓迎した。

Tシャツがレクシーの頭の上を通って消えた。ニコが彼女をクッションのきいた大きなソファに横たえ、やさしく残りの服を脱がせはじめる。部屋が暗くなかったら恥ずかしかっただろうけれど、テレビを消していたため明かりは暖炉の炎の揺らめきだけだった。外では相変わらず雪が降りしきり、窓ガラスの向こうでは大きな雪片がひらひらと舞っているが、静かな部屋の中は暖かくて快適で、レクシーはなにかの魔法でもかけられた気分だった。私はすてきな男性とすてきな家にいる。そして、その男性は奇跡的にも私を求めているのだ。

「特別な夜だな」ニコがそっとつぶやいた。「君という女性も特別な感じがする。今すぐ僕が欲しいかい？　それとも少し時間をかけるかい？」

レクシーは不思議そうに彼を見あげた。女性を喜ばせるために自分の快楽を先延ばしにする男性はいない、と思っていたのに。「私は今すぐあなたが欲しいわ」彼女はやさしく言った。

「避妊はしているのか？」

「いいえ、なにもしていないの」ニコがおおいかぶさってきて、レクシーは頬が熱くなるのを感じた。「それに、こういうことをした経験もないし」

黒檀と同じ色をした完璧な眉根が寄った。「なにをした経験がないんだ？」

「男の人とベッドをともにすること」彼女はひと息に答えた。

理解すると同時にニコの引きしまったブロンズ色の顔が緊張し、次にそこに当惑が浮かんだ。

「そんな目で私を見ないで！」レクシーは訴えた。「母が亡くなるまで、こういうことをする自由がなかっただけなんだから」

ニコが頭を低くし、息もできないくらいのキスをした。そして唇を離した。「ちょっと驚いたんだ。変だと思ったわけじゃない」

キスのおかげで、レクシーはふたたびうっとりした。ニコがショーツを脱がせようとする間に、彼に向かって手を伸ばす。欲望に駆られていて落ち着いていられず、彼に腿を広げられたときは心臓発作を起こしそうになった。それは官能小説でしか読んだことのない行為で、自分では空想した覚えさえなく、思わず体をこわばらせた。

「やめて」彼女は震えながら告げた。

「きっと気に入る」ニコが決然とした表情で言った。

「頼む、信じてくれないか……」

その〝頼む〟という言葉にレクシーはほだされた。そんなふうに言われては断れなかった。なんでも経験してみたほうがいいんじゃない？　見知らぬ二人が時間も忘れて体を重ねているこの一夜が、二度と繰り返されることはない。十中八九、夜のうちに雪はやむから、ニコが私をどこかに送り届けたらもう彼と会う機会はないだろう。そう思うと胸が恐ろしく空っぽになり、彼女はあわててその考えを追い払った。

息をのむほどの極上の喜びがレクシーをとらえた。ニコが想像していたとおり、彼の舌による愛撫ももっとも官能的な場所からいつまでも消えない余韻も気に入った。胸がどきどきし、ありとあらゆる感覚が滝のような勢いで押しよせてきたとき、彼女はのぼりつめて全身を震わせた。

「だから言っただろう、とは言わないでね」レクシーは息を切らして警告した。

ニコがにっこりし、彼女は有頂天になった。「僕はばかじゃない。ただ僕にとってそうであるように、君にとってもいい経験にしたいだけだ」声はやわらかく低かった。

彼の官能的な唇がふたたびレクシーの唇に重なり、大きな手が胸のふくらみを包みこんで、指が巧みにその先を刺激した。とたんに始まる前に抱いていた期待感が再燃し、レクシーは呼吸を乱しながらも喜びに身をゆだねた。

Tシャツとジーンズを取って避妊具をつけたニコが、ほっそりした腿の間に身を置いて下腹部を押しあてた瞬間、レクシーの気分は高揚した。受け入れる準備はすっかり整っていたけれど、彼は慎重に体を進めていった。初めは未知の場所が押し広げられていく感覚にとまどいと刺激を覚えたものの、やがてニコがより深く身を沈めたとたん、引き裂かれるに等しい鋭い痛みが走り、レクシーは驚いて息をのんだ。すると彼が動きをとめ、信じられないほど温かなまなざしをそそいだかと思うと、レクシーから少し身を引いてキスをし、完全に一つになった。

レクシーはニコの鼓動と、彼が自分の中で動くのを感じていた。自身にさらなるものを求める激しい飢えがあるのがわかって、うれしくて背筋がぞくぞくする。それはこれまで知らなかった、無慈悲なまでに圧倒的な欲望だった。彼が力強く動くたびにレクシーの張りつめた体はわななき、下腹部の奥でとろりとしたなにかが熱を増していった。心臓が胸の中でくるったように打ち、途方もない緊張が高まっていくにつれ、息をするのが苦しくなる。そしてなんの前触れもなく、ふたたびまばゆい光を放つ恍惚《こうこつ》の波にさらわれた。腕を伸ばしてニコを抱きしめると、彼が身震いしながらうなり声をあげた。

すべてが終わって訪れた静寂の中で、レクシーは自分がなにをしたのか、どんな経験をしたのかまったく見当もつかずにいた。「さっきのって……」けれど続きの言葉が出てこなかった。

「すばらしかった」ニコは重々しい口調で言い、仰向けになってからレクシーを体の上にのせ、眠そうな顔でほほえんでいる彼女の眉間にキスをした。「君は今にも熟睡してしまいそうだな」

「起きてようとはしてるんだけど……」レクシーが

つぶやいた。「でも、人生でいちばん大変な日だったから……」

「今夜は僕のベッドで一緒に眠ろう。君がまだ目を開けていて、拒否できるうちにたしかに伝えたぞ」

彼女が重くてたまらないまぶたを持ちあげて、あくびを噛《か》み殺した。「どこに私を運んでもかまわないわ。雪の中でなければ」

ニコが笑ったときには、レクシーはすでに彼の腕の中で眠りこんでいた。穏やかな寝顔を見ていると今まで抱いたことのない気持ちになり、どうしようもなく魅了されて、ニコは勝手だが彼女を起こしたい誘惑に駆られた。もっと話をしたいと思った女性がほかにいただろうか？　疲れきった女性を起こすのはよくないと自分をたしなめたことはあるか？

セックスのあとで抱きしめたことはどうだ？　過去について考えれば考えるほど、彼は悩んだ。女性とは一定の距離を置くいつもの流儀はどうした？　なぜレクシーをベッドに誘うのをそれほど重要だと思った？　いつもなら眠るときは一人だし、セックス以上のものを与えてもらえると女性に思わせるような行動はとらないのに。

ニコはベッドから出てジーンズだけをはくと、レクシーのぐったりした体をかかえあげた。彼女には心地よく眠ってほしかった。どうしてそんなことが気になったのか？　彼は顔をしかめながらドアを開けて主寝室に向かい、巨大かつ豪華なベッドに慎重に彼女を横たえると、眉をひそめてさまざまな角度から眺めた。レクシーを一人にしたくないと思っている自分に気づいて、動揺する。そんな妙な気持ちになっているのは間違いなく彼女のせいだろう。

夜中に目を覚ましたレクシーはベッドを抜け出し、ニコの脱ぎ捨てたTシャツを着ると、水を飲むために足音をたてないように歩き出した。疲れていたせいでワインを一杯飲んだだけなのに、かなり早い時間から酔っぱらってしまった。けれど後悔はしていない。もしニコが一夜以上の関係を望んでいたらどうなるのかしら？　しかし、そこでばかばかしくなって想像するのをやめた。そんなことを考えるのは男性経験がないせいに違いない。

背後で物音がして、レクシーは緊張して振り返った。ボタンをはずしたジーンズ姿のニコが、ドア口にたたずんでいた。彼に見つめられてうろたえ、顔が燃えるように熱くなる。

「君はとても恥ずかしがり屋だね」ニコが愉快そうに言った。

「いいえ……違うわ」レクシーは否定し、頭を高くして顎を上げた。

するとニコがゆっくりと両腕をまわして彼女を引きよせ、彼独特の香りが鼻孔をくすぐった。その香りは清潔で、温かみがあって、男性的で、ニコをずっと昔から知っている気持ちにさせた。

「私、あなたの姓も知らないわ」レクシーは見せたかった冷静な表情をするのも忘れて言った。

「ディアマンディスだ」

「あの、つづり方は？」彼女はニコと目を合わせず、小さな声できいた。彼がそばにいてくれるなら、どうでもよかったけれど。

ニコがつづり方を答えた。「君は死んだように眠るんだな」

「そうなの」先ほどまでの不安を消し去ろうと、レクシーは無理をして明るく言った。

「腹はすいているか？」

「いいえ……でも眠くもないの。八時間は眠ったはずだから」

彼が考えこみながらレクシーを見た。「たいていの女性は僕の上で眠ったりしないんだが」

「おとといの朝四時に起きて仕事に行く必要がなけ

れば、私だって眠らなかったと思うわ」レクシーは朗らかに説明した。「食事の時間にも通訳をしなければならなかったせいで私自身はなにも食べられず、その日は夜遅くまで働いたのに、昨日も朝七時から仕事だったの。だから、死んだように眠ったことを謝るつもりはないわ」

簡潔な受け答えに、ニコがにっこりした。「理解したよ」

「私も理解したことがあるの。あなたは四六時中、注目の的でありたいと願う、恐ろしく世話のやける男性なのね」

ニコの頬がほのかに紅潮し、目が細くなった。

「恐ろしく世話のやける？　まさか、全然違う」

「信じられないわ」レクシーは正直に言った。

ニコはまたにっこりした。驚いたことにレクシーの挑戦的な態度や、自分に魅力を感じていないとほのめかされたことを好ましく思っていた。ディアマンディスという姓を告げても、レクシーはニコが何者なのかわからなかった。「信じてもらわないとならないな」彼はからかい口調で言ってから、レクシーを抱きあげた。

彼女が悲鳴をあげた。「なにをするの？」

「僕は恐ろしく世話のやける男じゃないと、ベッドへ連れ戻して証明する」

「そんなことをしても、あなたがいばるのが好きで、なんでも思いどおりにしたがる人だとしかわからないわよ」

褐色の瞳に金色の光が宿り、ニコが顔をしかめた。

「ロマンティックではないかな？」

「ロマンティックなことがしたいの？」

「生まれて初めてね。君のためにがんばってみるよ、僕のいとしい人《クリソムー》」

「最後の言葉は何語なの？」ニコが階段をのぼっていたとき、レクシーが尋ねた。ベッドに戻るのをいやがらない彼女に、ニコはふたたびにっこりした。

「ギリシア語だ。僕は半分ギリシア人で半分イタリア人だが、自分にとっていちばん自然な言葉はギリシア語なんだ」

もう一度ベッドに横たえられ、ニコの肌の香りや、やわらかな胸毛の感触を楽しんでいるレクシーに、彼は打ち明けた。

「一つ、小さな問題がある」

「なに？　もしかして既婚者だとか？」彼女がぎょっとしてニコから離れようとした。

彼は力強い腕でレクシーを抱きしめた。「ばか言わないでくれ。結婚も婚約もしたことはないし、女性とまともにつき合ったこともない」

「一度も？」彼女が驚いた。

「本気ではね」夜が明けてもレクシーとの関係を終えるつもりがないのに気づいてつけ加える。「運命の女性が現れたら、考えも変わると思うが」

「それがあなたの言う小さな問題？」

「財布の中に避妊具を一つしか入れていなかったんだ。ここに女性を連れてきたのは君が初めてなんだよ。だからベッドを一緒に使うなら、細心の注意を払わなくては」

「用心するに越したことはないわね。あなたはすぐに興奮する人だし」

ニコがベッドにいるレクシーの隣に寄り添い、息もつかせぬすばやさでキスをした。燃えるように熱い唇にレクシーは欲望をかきたてられ、絶妙な愛撫に頭の中が真っ白になった。果てしなく続いた情熱的な時間が終わったあと、彼女はニコの腕の中でふたたび心地よい眠りに落ちた。ここ何年も記憶にないほど安心しきっていて、とんでもなく幸せな気分だった。

3

ニコがレクシーの肩を揺さぶって言った。「おはよう」

レクシーはまばたきをしてから見慣れぬ周囲に目をやり、ニコに視線をそそいだ。背が高く日に焼けた彼は、炎が揺らめく薄暗い部屋にいたときよりもまぶしい昼の光の中にいるほうがさらにすてきだった。ほほえみを浮かべていると、ニコが重要ななにかを成し遂げたような顔でトレイをレクシーの膝の上に置き、彼女の鼓動が速まった。「ベッドに朝食を持ってきてくれたの？」

「恐ろしく世話がやけるのではなく、料理ができるところを見せたくてね」ニコの目が楽しげに輝いた。

明るいところではそれほど暗くはない褐色の瞳はきらきらしている。美しい目は黒くて長いまつげに縁取られていて、レクシーは見とれずにいられなかった。

オムレツはきれいな形をしていた。それにトーストと紅茶もあって、彼女はにっこりした。「ゆうべ私が言った〝恐ろしく世話がやける〟という言葉がよほど癇《かん》にさわったのね。ベッドへ朝食を運んでもらえるなんて生まれて初めての経験だわ」

ニコが顔をしかめ、ベッドの端に腰かけた。「それでも子供のころ、おやつくらいはベッドへ運んでもらったことがあっただろう？」

彼女は首を振った。「一度もないわ。決められた時間きっかりに食卓についていなければ、なにも食べられなかった」

「そんな話を聞いたら、君を徹底的に甘やかしてしまいそうだ」ニコの口調には子供時代の厳しいしつけに対する反感がこもっていた。

レクシーは絶品のオムレツに舌鼓を打ちながら笑った。「反対するつもりはないわ」

トーストとオムレツを食べおわって紅茶に口をつけたとき、彼女はニコから目をそらし、外の木々から雪が消えているのに気づいた。木々はもはや雪をまとった白い骸骨には見えなかった。

「雪がやんだのね」驚いてつぶやいた。

「ああ。夜中に雨に変わって、今はほとんど降っていない」

一夜を過ごした男性の前で慎み深くふるまうのはばかげているとは思いつつも、レクシーはトレイを押しのけ、脱ぎ捨てられたニコのTシャツをふたたび手に取った。頬をピンクに染めながらTシャツをかぶると、彼の愉快そうな視線に気づいて反抗するように顎を上げる。数時間、男性と親密にたわむれたからといって、性格は変わらなかった。それからベッドを出て背の高い窓の前に立ったとき、遠くに雪の消えた道路が見えて、心が沈んだ。なぜなら残りの週末もニコと一緒にいたいと思っていたのに、もうその願いはかなわないからだ。

「最寄りの駅まで送ってもらえないかしら?」レクシーはおずおずと頼んだ。

「どうして僕がそんなことをしなければならないんだ? 君と一緒にここにいられるものと思っていたよ」ニコの声は鋭かった。

「ごめんなさい。私もあなたといたいんだけど、無理なの。というのも明日、コーンウォールで洗礼式に出る予定があって」

「友人なら、天候のせいで行けなくなっても理解してくれるはずだ」彼が冷静に指摘した。

レクシーはニコのほうを振り向いた。彼の日に焼けた端整な顔はこわばっていて、思わず声をあげそうになった。「いいえ、だめよ。私は名づけ親に選ばれているし、行くと言ったんだもの」

「相手はとても親しい友人なのか？」

「そうとは言えないけど」レクシーはわずかに肩をいからせ、かすかな非難をこめてニコを見つめ返した。「でも、私は行くと返事をした。都合が悪くなったからって、友人を失望させていいとは思えないわ」

彼が黒檀《こくたん》と同じ色の眉をひそめた。「だが返事をしたときには、ヨークシャーの荒野から抜け出せなくなるとは思っていなかっただろう？」

「たしかにそうだけど、もう抜け出せないわけじゃないわ。道路の雪もとけたし」レクシーはニコのいらだちと不満を感じ取っていた。洗礼式へ出席する義務を忘れてここに残れるなら、なんでもする気持ちになっていた。「私は一度した約束は守る人間だし、土壇場で予定を変えて相手をがっかりさせたりもしない。あなただってそんなまねはしないでしょう、ニコ？　悪いことをしているわけじゃないんだから、私を困らせないで」

「そんなつもりはない……わかった、荷造りをしてくれ。車を温めてくる」ニコがそっけなく息をついた。彼は私の言い分を聞き入れ、私のために失望をこらえてくれたのだ。本当はこの家に残りたかったものの、自分の気持ちを理解してもらえてレクシーはほっとした。

ニコのTシャツを着たまま脱ぎ捨てた自分の服を隣の部屋に持っていき、急いで階段を下りてシャワーを浴びると荷造りをした。髪を乾かしながら、レクシーは自身に問いかけた。出会ってまもないけれど、すごく大切な存在になった男性から離れようとするなんて、どうかしているのかしら？　でも、それが人生というものだ。もしニコが長期的な関係に興味がないなら、もう一日一緒にいても考えが変わるとは思えない。つまり、私たちの関係がどうなるかを決めるのは彼なのだ。

レクシーがピンクのスーツケースと通勤用バッグを持って玄関ホールへ行くと、コートとブーツを身につけたニコが待っていた。「コートを持ってこなかったのか？」

「レンタカーの中にあるわ」彼女は思い出して答えた。

「途中で降りて取りに行こう。車はまだあるはずだ」レクシーが洗礼式に出ると口にしたときと同じく、彼が不機嫌そうに言った。

「そんなことまでしてもらえないわ」

「気にしなくていい。こんな天候の日にコートなしで出かけるのはだめだ」ニコが玄関のドアを開けながら強い口調で言った。

昨日ニコのSUV車に乗りこんでから、レクシーは一生分の時間でも過ぎた気分だった。贅沢《ぜいたく》なひとときは終わったのだ。彼女は落ち着こうと深くゆっくりと息を吸った。「こんな形で出ていくなんて、本当にごめんなさい」

「僕の電話番号を君の携帯に入れておいた。ゆうべのうちにね。しかし電話にパスワードもかけておかないとは、なにを考えているんだ？　驚いたが好きなだけ操作できたから、自分の番号を追加しておいたよ」

「かまわないわ」レクシーはうつむき、髪で顔を隠してこらえきれずに笑みを浮かべた。ニコが車を出し、ある場所で路肩にとめた。数秒後、彼がまだ雪におおわれた斜面をレンタカーに向かって下りていくのを、レクシーは車の中から見守った。

私はニコに恋なんかしていない。十八時間で恋に落ちる人なんていないから。ただ彼が好きでたまらないだけだ。それは体を重ねたいというとてつもなく強い思いとは関係ない。ニコは頭がよくて、親切で、思慮深く、人に命令するのに慣れているけれど、私のために自分の意思を通すのを我慢してくれた。

戻ってきたニコがレクシーを車から降ろし、冬用のコートを着せてくれる間、彼女はほほえんでいた。彼が襟の中から髪を丁寧に出してくれたときは、全身を震わせた。この人は私の前でいやなところや評価できないところをまだ一つも見せていない。

ニコはレクシーをマンチェスターまで送ると言い張り、駅に到着すると切符代を払い、別れる寸前まで彼女と一緒にいた。改札を通ってプラットホームへ向かう際には、まるで子供にするようにコートのボタンをとめてくれ、レクシーは泣きそうになった。なぜならここ何年も、彼女の世話をしてくれた人はいなかったからだ。山ほどの雑誌をかかえて電車に乗りこんだときも、目はニコの姿を必死にさがしていた。彼との出会いが本当に夢か幻みたいで信じられなかった……。

一年半後

ニコは法律事務所に足を踏み入れた。痩せた鋭い顔立ちの三十代のオーブリー・ハリソンが、さっと立ちあがって彼を出迎えた。

「ご足労願ってすみません」弁護士が苦笑しつつ口を開いた。「ですがDNA鑑定を行う前に、この認知を訴える訴状を見てもらったほうがいいと思いまして。少し変わっているものですから」

「またか」ニコは憤慨してうなり声をあげた。どんなに気をつけていても、偽りの訴えはなくせないらしい。

しかしここ数年は一夜限りの関係か、せいぜい二、三夜の関係しか持った覚えがなかった。もちろん予期せぬ妊娠が起こりうること、そういう問題は調査しなくてはならないことはわかっている。とはいえいくら冷静に受けとめようとしても、不機嫌になるのはとめられなかった。最近は異母兄のジェイス同様、プレイボーイぶりはなりを潜めていた。この一年半はますます女性と過ごす時間が少なくなり、スケジュールは仕事の予定でいっぱいで遊ぶ余裕はなかった。今は気軽なセックスよりも会社にいるほうが好きだった。仕事を忘れさせた女性は過去に一人しかいない。だが電話番号をなくした結果、彼女とは音信不通になってしまったのだった。

初歩的なミスは高くついた。女性の電話番号がまるで最初からなかったかのように携帯電話から消えているのに気づいたときは、問題を解決しようとした。そして、電話に通話やメールを追跡する不審なアプリがあるのを見つけた。そのアプリがいつどういう目的で入れられたのか、ニコは考えつづけた。だが、いくら調べても犯人は見つからなかった。

「少なくとも、訴えを起こした人物が実在するとは思えません。時期もおかしいですし。養育費を請求したいなら、なぜこんなに長く待つ必要があったのでしょうね？」オーブリーが首をひねりながら書類を渡した。

書類に書かれた名前を目にしたとたん、ニコは凍りついた。信じられないという思いで顔はこわばり、動かしたくても動かせなかった。「レクシー……」声はささやきに近かった。レクシー・モンゴメリー。その姓を知っていたら、一年半前にきいていたら、大いに助かったはずだ。だがニコは彼女の姓を知らず、ききもしなかった。ロンドンへ行ってレクシーという名の韓国語の通訳をさがしても、見つからなかった。

「この女性を知っているのですね」オーブリーが驚いた顔をした。

「ああ」ニコは咳《せき》ばらいをして続けた。「レクシーのことは知っている。しかし、一緒に過ごしてからずいぶん時間がたっているんだ」

「うちの調査員はあなたとミス・モンゴメリーとの接点を見つけられませんでした。彼女は今どきめずらしいことに、ＳＮＳをまったく利用していないんです」

頭を振って意識を集中させ、ニコは手に持っていた書類に視線を戻した。「子供が三人いるのか」声には信じられないという気持ちがにじんでいた。

「三つ子です。男の子が二人と女の子一人のね。その点もありえないと私は判断しました。統計によれば、三つ子の出産は一万件に一件です。ＩＴ業界の億万長者が三つ子を授かる可能性は、もっと低いでしょう」

ニコは顔から血の気が引くのを感じた。「母方の祖母は女性ばかりの三つ子だったし、母は双子だった。父方にも三つ子や双子がいるから、君が思っているほどめずらしくはない」平坦《へいたん》な声で言いながら、頭の中ではあの夜の自分がいかに無責任だったか、レクシーが妊娠する可能性がいかに高かったかを考えていた。そして罪悪感に襲われた。「だが理解できない点がある。彼女は僕の電話番号を知っていたのに、なぜ連絡してこなかったんだ？」

「彼女の弁護士によれば、あなたに直接手紙や電話で連絡を取ろうと数えきれないほどの努力をしたが、すべて失敗に終わったという話でした。この件をどうしたいとお考えですか？」

ニコは姿勢を正し、即座に答えた。「彼女に会いたい」

「いけません、ニコ。ＤＮＡ鑑定でこの子たちがあなたの子であると証明されるまでは、そういうことは考えないほうがいいでしょう」

「ではＤＮＡ鑑定をすぐにでも行ってくれ。それよりも彼女がどこに住んでいるのか知りたい」

「調べたところ、情報は最新のものではありませんでした」

レクシーのフルネームを知った今、住所も突きとめてみせると決意し、ニコは法律事務所をあとにした。僕に赤ん坊が三人もいるとは。そんなことがありうるのか？　ディアマンディス家の家系図を考えれば可能性はある。それに自分がレクシーと避妊具なしで体を重ねたのも、そんな行動は生まれて初めてだったのも覚えている。

しかし、なぜ彼女は僕に連絡しなかったのだろう？　なにか困った事態に陥っていたのだろうか？　レクシーが金めあての女性とは思えない。あのときはそんなそぶりもなかった。決して意志が弱いわけではなく、もともと柔和でやさしい女性なのだろう。彼女のそういうところは好ましいが、そのせいで一年半も会えずにいたなら問題だ。そんなことを考えながら、彼はレクシーの住所と身上調査書を手に入れる方法を考えつづけた。

「バーベキューをするには最高の夜じゃない？」その日の夜、アンゲリキがニコのオフィスにふらりと現れてデスクに腰かけた。彼は仕事をすることで、レクシーと三人の子供たちを頭から追い出そうとして失敗していた。二人の男児と一人の女児があの夜からわずか七カ月後に生まれていたとは。つまり、早産のせいで母子ともに命を落としていてもおかしくなかったわけだ。そう考えると恐ろしくてたまらなくなり、頭の中が真っ白になった。

「そういう気分じゃないんだ」ニコは無理をして笑みを浮かべた。「すまない」

二人の仲たがいは長くは続かなかった。アンゲリキが電話をかけてきて、ニコに会いに来たからだ。そして彼のベッドに忍びこんだのは、別の男性とのつかの間の関係がだめになったのが原因だったのだと告白した。もちろんニコはアンゲリキを許したが、異母兄には話したことを異母妹にはまだ話せずにいた。ジェイスの反応はどうだったかというと、彼は自分に母親の違う妹がいると聞いてもあまり興味を示さず、ただあきれただけだった。それはなぜか？おそらく、異母兄は妻のジジと小さな息子のニコラオスがいる家庭的な幸せにどっぷりつかっているからだろう。すっかりいい父親になった彼はジジと子供に夢中で、ニコは心からうれしかった。それでも、自分の自由気ままな生活を改める気はなかった。

アンゲリキに真実を話せていないことには罪悪感を抱いていたが、ディアマンディス家の非嫡出子だと知らせたとしても、異母妹の人生に対する不満が解消されるとは思えなかった。ニコの父親が遺《のこ》した財産があったものの、アンゲリキは幸せではなかった。そして残念なことに、彼女はいまだにニコに拒絶された夜についてしょっちゅう口にした。裸になって誘惑してきた異母妹を想像して、ニコが不快になっていてもおかまいなしだった。

「今日は機嫌が悪いのね」大きくため息をついて、アンゲリキがまつげをしばたたいた。「明日の夜ならどう？」

「今、ちょっとした危機に直面していてね」彼は真実を伝えた。

「早く言ってよ！」美しいブロンド女性が非難するように叫んだ。「あなたって秘密主義だから心配だわ。まだあのミラ・ジェットソンとつき合ってるの？」

ニコは肩をすくめた。「いや、彼女とはもう終わった」

以前のようにアンゲリキに詳しい話はしなかった。異母妹は愚痴っぽく、他人に批判的で、とても狡猾《こうかつ》なところがあるが、レクシーは正反対の女性だ。もし三つ子が僕の子だとしたら、彼女はなぜなにがなんでも僕をさがし出そうとしなかったんだ？　まずはその理由が知りたい。ニコはそこに腹をたてていた。めったに怒らない彼だが、レクシーの怠慢にはいらだちを抑えきれなかった。

「いい知らせだといいのですが」レクシーが雇った弁護士が数週間ぶりに電話をかけてきて言った。

「ミスター・ディアマンディスはすでにＤＮＡ鑑定用の検体を民間の検査会社に預けてあるそうです。そして鑑定結果を早く出すために、その会社の人間をあなたの家に派遣したいので許可が欲しいとのことでした」

「まあ……」レクシーは心から驚いた。

「先方はこちら側の要求を早急かつ秘密裏に解決したいのでしょう。検体の採取をさせるために、あなたの住所と電話番号をあちら側へお伝えしてもよろしいですか？」

「もちろんです」ほかに選択の余地がないのは承知していた。レクシーは妊娠五カ月以降、フルタイムで働いたことがなかった。週に一度三つ子を保育園に預けているのは、アイリーンからときおり頼まれる翻訳の仕事をこなすためだ。生活保護を受けながら暮らしているので保育料は無料だが、そんな仕事の仕方ではまともな屋根の下で生活するには無理があった。

だからこそ広々とした居間へ行き、かつてのルームメイトにして友人のメルに電話の内容を話す間も、レクシーはうれしくてたまらなかった。現在、二人が暮らしているのは仮住まいにすぎない。メルの父親が大学の教員として妻とともに一年間ニューヨークへ行っている間、レクシーたちはフォスター家の留守番役を務めていたのだ。レクシーの役割はペットのラブラドール・レトリーバーのバーニーと猫のチカと観葉植物の世話に、芝生の手入れと掃除だった。その見返りとして車を使わせてもらえたうえ、快適な住まいまで与えてもらってほっとしていた。

しかしあと数週間でフォスター夫妻が帰国したら、またホームレスに逆戻りする予定だった。

「そろそろ彼も、あなたを無視する以外の行動に出るべきよ！」背が高くて痩せたブルネットのメルが叫んだ。「やっと救いの手が差し伸べられたみたいな顔をするのはやめてちょうだい。これは彼にとって始まりにすぎないのよ。まあ、あっちはまだ三つ子が自分の子じゃないといいと思ってるんでしょうけど」

レクシーは唇を引き結んだ。「彼がようやく正気に戻って、これ以上責任からは逃れられないんだって理解したと思うことにするわ。あなたに言われたとおり、子供が生まれてすぐに弁護士のところに行っておけばよかった。電話をかけたり手紙を送ったり、彼の会社でみじめな思いをしたりして、私は多くの時間を無駄にしてしまった。本当に許せない人だわ」

メルが腕時計に目をやって立ちあがった。「今夜はファーガスとディナーだから急がなくちゃ。ごめんね、話の途中で」

レクシーは泣きそうになりながら親友を抱きしめた。なぜならメルがいなければ、正直なところ、この八カ月間に直面した恐ろしい試練を乗り越えられたかどうか自信がなかったからだ。メルは最初から誠心誠意力になってくれ、ろくに知らないすてきな男性と一夜を過ごすというレクシーの最悪の選択についてもひと言も批判しなかった。その後、レクシーがニコから電話がかかってくるのを確信を持って待っていたら音信不通になってしまっても、なにも言わなかった。そして、支えと理解を必要とするたびにいつもそばにいてくれた。

レクシーは二階に上がり、子供たちを昼寝から起こした。どんなに将来への不安で頭がいっぱいでも、三つ子に感嘆しない日はなかった。イーサンはすでにベビーベッドの中で立ちあがり、母親を当然のように待っていた。イーサンより体が小さいエズラは生まれたときは健康に問題があり、生死の境をさまよったこともあった。イーサンが騒々しいほうなら、エズラは静かで思慮深いほうと言えた。そして娘のリリーはベビーベッドの柵につかまってはねながら、こちらも抱きあげられるのを待っていた。

レクシーはイーサンとリリーをかかえて階下のベビーサークルに下ろすと、部屋に戻って母親を見て笑うエズラも抱きあげた。皮肉にも三つ子は誰一人母親に似ておらず、全員がくるくるした黒い巻き毛と褐色の瞳、オリーブ色の肌をしていた。

午後には検査会社から電話があり、レクシーはその社員が家を訪ねるのを許可した。三人の赤ん坊をどこかへ連れていくのは、たとえ車を使ったとしても骨が折れる。検査会社の社員は電話がかかってきてから一時間以内にやってきて、少なくとも明日まで待たされると思っていた彼女はうろたえた。その女性が家にいたのは十分ほどで、最小限の動きで赤ん坊たちの口の中を綿棒でこすると、迅速な結果報告を約束して帰っていった。

三つ子の父親は自分の子供ではない、という結果を願っているはずだ。私に二度と会わないために、あれだけの苦労をしたのだから。ニコの会社に電話をかけたらやめてほしいと注意されたし、会社を直接訪ねたら申し訳なさそうに謝る二人の警備員に外まで連れていかれた。そのせいでプライドは傷つき、尊厳はおとしめられた。

レクシーの中でゆっくりと、しかし確実に屈辱感が怒りへ変わっていった。

ニコには償いをしてほしいわけじゃないけれど、三つ子を育てるためになにがなんでも協力してもらわなくては。彼にはほかになにも望んでいない。もう一度顔を合わせる日なんて絶対にきませんように。

その祈りは二日後、玄関のベルが鳴ったときに失望に変わった。レクシーはなんの心の準備もしていなかった。仕事をする日だったので、子供たちは保育園に預けていた。彼女はヨガ用のパンツにタンクトップという格好で眼鏡をかけ、ノーメイクで郵便配達員が来たと思ってドアを開けた。しかし目の前に堂々と立っていたのは、何カ月も会おうとも連絡を取ろうともしなかった男性で、レクシーは信じられない思いで目をみはった。信じられない。あれだけ会おうとする私の努力をはねつけ、いないものとして扱ってきたニコが、ついに時間を割いて会いに来たなんて。

「ニコ……」挨拶の声は弱々しく、すぐにとぎれた。

「レクシー、話がある」

彼女は顎を上に向けた。「言うのがちょっと遅すぎるんじゃないかしら？」けれどニコは平然と見つめるばかりで、信じられない気持ちとかすかな怒りがこみあげてきた。

それ以上はなにも言わず、レクシーはニコの顔を見つめながらドアを乱暴に閉めた。彼は私に教えた電話番号を着信拒否にし、ロンドン市内にある巨大なオフィスビルまで行って会おうとしても、誰なのか確認さえせずに私に屈辱を味わわせた。そんな人は締め出されて当然で、後悔はしていない。

彼女はドアから離れ、腕組みをした。それにしても、子供たちの目にニコはどんな父親として映るのかしら？　自己肯定感を踏みにじり、私をいらない子供扱いをした父親と同類なら、そんな人はいらない。

教訓ならじゅうぶん得た。もう二度と同じ目にはあわない！

4

「大問題だな」ジェイス・ディアマンディスが日差しが差しこむオフィスを横切りながら言った。「悪く思わないでほしいが、おまえのしたことは悪手だったぞ」

「僕がわかっていないと思うか？」ニコは怒り心頭に発して言い返した。「レクシーの子供は僕の子供だ。なのに、彼女は僕を会わせる気がなさそうなんだ」

「おまえが本当に夢中なのは子供なのか？　それとも彼女なのか？」狭い檻《おり》の中の虎のように行ったり来たりする異母弟を見ながら、ジェイスがのんびりと尋ねた。

「会ったこともない子供たちに夢中になるわけないだろう」ニコは不機嫌に答えた。「たしかに前は彼女に夢中だった。なのに、目の前でドアを閉められたんだ」

「怒っている女性には現実的な対処をしなくては」ジェイスがなんの役にも立たない忠告を口にし、ニコは異母兄なんかに助言を求めた自分を疑った。

「もし子供にどうしても会いたいなら、おまえは僕たちの父親のやり方を一つか二つまねるしかないだろうな」

「どういう意味だ？」ニコは低い声で質問した。

「イギリスの法律では未婚の父親にはなんの権利もない。もしレクシーがおまえと接触して子供の将来に悪影響があると判断したら、母親である彼女の意見はおまえの意見よりも重んじられる。それにしてもそこまでの敵対心を抱かせるなにを、おまえは相手にしたんだ？」

「僕はなにもしていない！」ニコは胸を張った。

「そうは思えない」ジェイスがやさしく言った。

「だがあの子たちに会いたいなら、奥の手を使えばいいんだ。父親の義務という奥の手を。彼女と結婚すれば、子供に会う権利が手に入る」

結婚？　そう考えただけで、ニコは腹を殴られた気分になった。

「僕たちの父親は子供に会いたくて結婚したわけじゃなかった」ニコは大きなため息をつき、ディアマンディス家での自分の立場がジェイスほどよくなかった——異母兄ほど正当ではなかった現実を不快に思わないように努めた。彼は父親の愛人の息子として生まれたが、父親が正妻と死別し長男を拒絶した結果、嫡出子として育てられた。それは父親が最初の妻から受けた屈辱をやわらげるため、世間体を取りつくろうためでしかなかった。ニコの母親のビアンカもそのことには気づいていて、結果的にディアマンディス家の当主の正妻の座を狙う悪女になってしまったのを嘆いていた。

「だが悲しいかな、脅しや威嚇には効果がある。子供たちに近づくには必要かもしれない」

「僕はそんなことをしたくない」

「言ってみただけだ。きれいごとを並べてもうまくいくとは限らないからな。三つ子を僕たち一族の一員にするのはおまえの仕事だぞ。どんなに汚い手を使うはめになるとしても」ジェイスがさらりと言ってのけた。「家の弁護士を使うといい」

「僕にも弁護士くらいいる」ニコは抗議した。

「今、おまえに必要なのは奥の手だ」異母兄が念を押した。「それに家族は大切にしなくては、ニコ」

「アンゲリキのことはそう思ってないじゃないか」

ジェイスが顔をしかめた。「彼女は評判がよくないし、実際感じのいい女性でもない。だから僕は妹として考えていないんだ。どうして彼女を親しい友人だと思えるのか理解できないね。一緒に育ったとはいえ――」

「誰も無理に認めろとは言ってない」ニコはとっさに口を挟んだ。「だが正直言って、アンゲリキはそれほど感じの悪い女性じゃない。そんな女性だったら一緒に育ったりしない」

ジェイスが笑った。「彼女はおまえの前では猫をかぶっているからな。まだおまえを祭壇に連れていくつもりでいるんじゃないか？　もう近づくなとはっきり伝えていないせいで」

兄のからかいの言葉にいらだったニコは弁護士のオーブリーに会いに行ったが、彼はディアマンディス家の弁護士たちからすでにいろいろアドバイスを受けていた。しかし、ニコはそのどれにも従いたくなかった。ほかの人間相手ならともかく、我が子の母親に対して強硬手段には出たくなかった。

〈十一時ごろ、会いに行く〉

午前八時に届いたメールにはそう書いてあった。

レクシーはさまざまな感情がこみあげるのをどうにかやり過ごした。ニコに従う義理はないけれど、彼は三つ子の父親だ。長い間私を無視してきたからといって、私までニコを無視するのは得策じゃない。遅かれ早かれ、三つ子は父親について知りたいと思うに違いない。億万長者だと知ったら喜んで会いたがるのでは？　いいえ、確実にそうなるはずだ。ニコなら、私には絶対にさせてあげられない刺激的な経験を三つ子にさせられるから。

仕返しとしてニコを拒絶したかったものの、子供たちに会わせないという選択はできなかった。彼にされた仕打ちを思えば拒絶するのが当然でも、大きくなったとき、おそらく子供たちは母親とは違う考え方をしそうだった。

子供たちにとってニコの存在は害悪にしか思えな

かったけれど、レクシーは妥協して一度だけ彼の訪問を受け入れることにした。とにかくニコの好奇心を満足させればいいのだ。独身で大変なハンサムである億万長者が、三つ子の赤ん坊とずっと一緒にいるために身を固めようなんて考えるわけがない。つまり、彼が訪ねてきても問題はない。三つ子がおむつを汚したり、母乳を戻したり、大声で泣き出したりすれば、ニコは帰っていくに違いない。

インターネット上には完璧なスーツをまとった彼の腕に、この世のものとは思えないほど美しい女性たちが腕をからめた画像があふれている。雪の降る夜、ヨークシャーの家で私がニコの目にとまったのは、ほかに誰もいなかったからにすぎない。ニコのような男性は赤ん坊の扱いに慣れていないものだ。赤ん坊とは未熟で、本能のままに生きていて、自由奔放で、まったく予測できない存在だから。

レクシーの家に到着したとき、ニコは赤ん坊や小さな子供を扱う心の準備が整っていた。経験豊富な彼の異母兄からどれほど恐ろしい存在なのか聞いていたので、赤ん坊とは不発弾も同じだと考えていた。

ドアを開けたレクシーは、予想どおりきちんとした服装をしていた。

タイトスカートとシャツという姿のレクシーを見て、ニコはため息をつきたいのをこらえた。前回の短い訪問のときの彼女はヨガ用パンツをはいて眼鏡をかけ、髪を乱していたのにありえないほどセクシーだった。その姿は忘れられない夜を過ごしたあと、ベッドから出てきたときと同じだった。

レクシーがくるりと背を向けて美しい顔が見えなくなると、ヨガ用パンツの記憶はたちまち消え去り、ニコは上質な生地に包まれた彼女の小さなヒップと女らしい体に視線を這《は》わせた。深くゆっくりと息を吸って下腹部が熱くなるのをこらえたが、自分の反応が恥ずかしくてしかたなかった。もはや欲望を抑えられない十代でもないのに。

レクシーは礼儀正しい自分の態度を誇りに思った。三つ子を疲れさせてニコに不機嫌なところを見せることもできたのに、いつものように午前中に少し眠らせておいたので赤ん坊たちはご機嫌だった。母親が現れると絨毯《じゅうたん》の上にいた三人が顔を上げ、いっせいにほほえむ。愚かな母親が父親によってつらい目に遭わされたのを子供たちが知らなくてよかった、とレクシーは思った。ニコは相変わらず信じられないほど美しかった。インターネット上の画像を見てはニコを否定し、それほど魅力的でもセクシーでもないと批判していても無駄だった。

実際のニコは南国の夕日と同じくらい目を奪われずにはいられず、レクシーは無関心でいようとする自分の努力をあざわらわれている気がした。ブランド物の黒のジーンズは彼の引きしまった腰やヒップ、長くたくましい脚を際立たせていて、シンプルなTシャツはモデル並みの筋肉質な胸に張りついている。まさに男らしさと官能的な魅力の見本のような男性だった。

メルがここにいて、私の目を覚まさせてくれたらいいのに。親友ならニコは顔も体も夢みたいにすてきかもしれないけれど、性格は最低最悪だと気づかせてくれたはずだ。彼は初めて会った夜に信じていた男性ではなかった。私はなにもわかっていなかった。この人は私をあざむいていただけだったのだ。

「さあ、あの子たちに会ってあげて。あなたが直接ここに来てようやく私の存在を認めたのは、そのためなんでしょう?」どうしても挑発したい気持ちを抑えられず、レクシーは不機嫌な顔で言った。

ニコはラグの上にいる三つ子を見つめた。いちばん小さな赤ん坊がにっこりしたので、すぐさま膝をついて目線を合わせ、怖がらせないようにする。すると赤ん坊が両手と両膝をついてまっすぐ這ってきて、とても愛嬌《あいきょう》のある表情で彼の膝の上にのってきた。

「この子は……」本当はレクシーの挑発について問いつめたかったのだが、その衝動は近づいてきた我が子に打ち砕かれていた。

「エズラよ」レクシーはとまどっていた。なぜなら三つ子の中でいちばん小さな赤ん坊は、いつもはいちばん人見知りだったからだ。「イーサンとは一卵性の双子なの」

「どうして双子のもう一人より小さいんだ？」ニコが率直にきいた。

「エズラがイーサンやリリーほど子宮の中で成長できなかったから、早産になったの。呼吸に問題があって」彼女がしぶしぶ答えた。「でもイーサンより大きくなるのは早くて、少しずつ追いついてきているわ」

「教えてくれればよかったのに」ニコはほほえみを絶やさずに言った。なぜならイーサンも彼に向かってきていたからだ。しかし娘のリリーはまだ父親を見つめたまま、どうしようか決めかねているようだった。

「私はあなたに伝えようとありとあらゆる努力をしたわ。でもそのたびに拒絶されたの」レクシーがとても丁寧な口調で説明した。

「嘘《うそ》だな。自分でもわかっているだろう」彼はやさしく指摘した。

その言葉を聞いたとたん、レクシーはかっとなった。脳裏には妊娠中も出産後も一人ぼっちだった記憶が、次から次へとよみがえっていた。「あなたなんて大嫌い。ここにいることにも耐えられないのに、私は必死に礼儀正しくしているのよ」

「いくら礼儀正しくしていても、君の敵意はごまかせていない」ニコは言い返した。その間イーサンが彼の膝によじのぼり、立ちあがろうとして失敗し、また立ちあがっていた。それからニコの手をつかんで、自分がなにをしたいのかを伝えた。不屈の精神を持つ異母兄に似ていると思った彼は、息子を見てほほえみ、両手を持って飛びはねさせた。今は子供たちのほうが大切だ。レクシーの幼稚な態度を気にしている場合ではない。

リリーが少し近づいてきて、大きな褐色の瞳でおそるおそるニコを見つめた。女児は母親に似ていた。かつてない不安と恐怖に襲われ、彼は怒りを覚えた。娘が父親を恐れているのは、間違いなくレクシーのせいだった。

ニコはイーサンを興味を持っていた玩具《おもちゃ》へと促してから、リリーに手を差し伸べた。女児は困ったような顔をしながら父親のところに来ると、彼の膝の上に落ち着いた。父親を見つめるその顔に安心感が広がっていく。それからなんの前触れもなくニコのTシャツにつかまって立ちあがり、首に両腕をまわした。予想外の行動だったが、彼はとてもうれしかった。見知らぬ父親に愛情をそそぐほど信頼してくれた娘に感謝しつつ、抱きしめ返す。

それでもレクシーはまだ敵意をむき出しにしていて、ニコは驚いた。なぜ僕に嘘をつくんだ？　彼女は僕に連絡などしてこなかった。実際にそうしようとした形跡は一つも見つかっていない。

ニコが三つ子と絨毯の上の玩具で遊んでいる間、緊張した沈黙が続き、レクシーは自分の顔がどんどんこわばっていくのを感じていた。「コーヒーでもいかが？」彼女はそっけない口調できいた。

「いや、結構だ。長居をする気はない」ニコの返事は淡々としていた。

「よかったわ。私はもうすぐこの子たちに昼食をとらせないといけないし、そうするのはとても大変だから」それでも礼儀は守りたくて、少しでも雰囲気をやわらげようとした。

目の前にいる男性はもはや以前にベッドをともにした人とは思えなかった。きっと私はニコを誤解していたのだ。今の彼は冷たくて警戒心が強く、救いようのないほど傲慢で洗練されたディアマンディス家の一員にしか見えない。あの夜のニコはそんな人ではなかったのに。レクシーはつらい記憶とともに思った。

「ドアを開けたままにしておいて、キッチンで話をしましょう」彼に次回の訪問の口実を与えたくなくて提案した。

ニコが優雅に立ちあがり、ドア口にいるレクシーを見た。「ここは誰の家なんだい？」

「親友のメルのご両親の家なの」彼女はしぶしぶ答えた。「彼らが外国にいる間、留守番をしているのよ。ペットや植木の世話をしたり、芝生の手入れをしたりしているわ」

「それじゃ、賃貸でも持ち家でもないのか。ほかに家があるのかい？」

レクシーはなぜそんなに詮索されるのか不思議に思った。「いいえ、ないわ。幼い子供が三人いるし、一年以上フルタイムで働いていないからしかたないのよ」

「事実上のホームレスなのか」まるで彼女が理解していないというように、ニコが告げた。

レクシーは瞬時に反撃した。「子供たちの父親が養育費を全然払ってくれないせいでね！」

「スカーセ！」ニコの口調はほとんど叫び声に近かった。

「その命令みたいな言葉は英語でどういう意味なの？」

「〝静かにしてくれ〟だ」ニコはより丁寧な言葉に訳した。目には、はいはいでやってきた三人の赤ん坊しか映っていなかった。三つ子の顔は好奇心と、かすかないらだちにあふれている。おそらくは父親が自分たちに注目しなくなったからだろう。彼はそんな妄想にとらわれた自分を叱った。あんなに幼い赤ん坊がまともにものを考えられるとは思えなかった。

すると次の瞬間、恐ろしいことに三人が顔をくしゃくしゃにして泣き出した。レクシーがニコの横を通り過ぎて床にしゃがみ、子供たちをなだめようとする。三人は小さなハゲタカのように母親に群がり、体を押しつけたり、しがみついたりして声をあげつづけた。

「私のせいだわ。私が声を荒らげたせいでおびえてしまったのよ」泣き声が少しおさまったとき、レクシーが言った。

「この子たちの食事は君に任せる」ニコは彼女を責める気をすっかりなくしていた。「今夜八時にまた来る。そのときに続きを話そう」

「つまり、喧嘩《けんか》をしに来るってこと？」

「君と争うつもりはない」ニコは氷のような口調で答えた。「君は僕の子供たちの母親だ。その立場は尊重している。人となりは疑っているが」

「それはどうも」玄関のドアから出ていく彼を見ながら、レクシーはつぶやいた。

「どうだった？」一時間後、メルが電話をかけてきいた。

「あまりうまくいかなかったわ。私たちは三つ子がいる中で、できる限りのことを言い合った。ニコは今夜、また来るんですって。責任を果たしてないと言われるのがすごくいやそうだったわ」

「今のあなたにとってはよかったんじゃない？」友人が推測した。「でも二人の間に取り決めが成立するまで、険悪な雰囲気になるのはやめたら？」

「私は、ニコが養育費を払って去っていくことを望んでいたんだけど」

「彼についてよく知らないのに、父親になるのをどう思っているか判断できないでしょう」メルが指摘した。

歓迎はできなかったけれどメルの言葉を聞いて、レクシーはニコに対する怒りを抑えつけた。私は彼を完全に追い払って、赤ん坊たちから父親を奪いたいの？　答えは〝いいえ〟だ。つまり、私は現実がよく見えていなかった。三つ子が自分たちで食べようと奮闘した結果、古びたふぞろいの子供用の椅子のまわりに飛び散った食べ物を見ながら苦笑する。もしニコが赤ん坊を愛してくれるなら、願ったりかなったりじゃない？

今のレクシーは完全な一文なしだった。いつも生活はぎりぎりで、スーパーマーケットでは支払いの前にお金が足りるか計算するし、チャリティショップでは開店と同時に行って掘り出し物をさがした。貧乏を理由に化粧品や、かつてはあたりまえのように使っていたさまざまなものもあきらめた。子供たちは裕福な父親からもっといいものを与えられてしかるべきなのに。もしニコが人並みの生活を与えてくれるのなら、それを受け入れて感謝するのが私の義務だろう。彼を非難してもテーブル一面に料理を並べられはしないし、三つ子はおなかいっぱいになるまで食べられない。

レクシーが挑発するのはやめようと決意しているころ、ニコは考えこんでいた。怒りはなおも続いていた。子供たちを含めた自分たち全員の状況を知ったら、世間やメディアは大騒ぎするはずで、その原因を作ったレクシーは許せない。だがもはや記憶の中の女性とは別人のようだった彼女は、人々の注目を楽しみたいのかもしれない。腹立たしいことに、僕はレクシーをまだ魅力的だと思っている。しかし、今の彼女に内面の美しさなどどこにも見あたらない。ものの言い方は甘くもやさしくもなく、目は怒りがひらめいていた。

実のところ、ニコはこれまでの人生で怒った女性の相手をした覚えがなかった。その点ではジェイスのほうがずっと経験が豊富だった。アンゲリキにふくれっ面を向けられたり、にらまれたりしたことならある。だが彼女がニコに食ってかかったり、彼を侮辱したりしたことはなかった。もしそんな目にあったら、友情は続かなかっただろう。

それはなぜか？　ニコは侮辱には耐えられなかった。父親のアルゴスから死ぬまで毎日なんらかの形で傷つけられたり、はずかしめられたり、侮辱されたりしてきたからだ。大人になってもそういう日々は続いた。アルゴスは息子の仕事や業績、友人を非難するためにしょっちゅう電話をかけてきた。父親の虐待はまさに死ぬその日まで続いた。相手はニコだけでなく、彼の哀れな母親も不幸な被害者だった。

レクシーはニコの新たな訪問の前に着替えなくてはならなかった。おしゃれなシャツは三つ子の世話をしているうちに汚れてしまったけれど、手持ちの服は少なかった。妊娠中は高価な服を売って小柄な女性用のマタニティウエアを買った。残ったのは売れなかった服だけだった。

夏に芝生の手入れをするのは終わりのない作業だった。レクシーはデニムのショートパンツとTシャツに着替えた。そして、このTシャツをニコに脱がされたのを思い出して陰鬱な気持ちになった。髪はブラシでとかして下ろしたままにした。

乗用の草刈り機はいつもうまく作動するとは限らず、近所の修理工に来てもらうことも多かった。三つ子を寝かしつけるとすぐに、レクシーは芝刈り機に乗った。八時になって裏庭の芝生の手入れが終わりに近づいたころ、ダークスーツ姿のニコがポーチからこちらを見ているのに気づいた。その格好は途方もなくすてきで、彼女は時間がなくてふさわしい格好ができなかった自分にショックを受けた。それでもいらだちは表に出さず、できる限り友好的に手を振ってからある場所を指さし、作業が終わったらそこへ行くと伝えた。刈り取る芝生はまだあった。

うるさいエンジンを切るとつけていたヘッドフォンをはずし、もたもたと草刈り機から降りた。ショートパンツの裾を無意識に引っぱり、急いで裏の中庭《パティオ》に行ってニコに挨拶する。

「お待たせしてごめんなさい。でもあの草刈り機を一度動かしたら、途中でとめられないから」そう言って心配そうに彼の引きしまって男らしい、まったく表情のない顔を見つめた。

「なぜ怒っていないんだ？」声は当惑していた。

レクシーは顔をしかめ、ますます居心地の悪い思いでニコを居間へ案内した。「怒ってないわけじゃないけど、あなたが三つ子に会った以上よくないと思ったの。怒りに振りまわされたくない」

望んでいた展開とはいえ怒りをおさめるという結論に達したレクシーに、ニコは驚いた。たしかにここで対立していてもなんの得にもならない。二人は三人の子供の親であり、大事なのは子供たちだ。

「コーヒーをいれましょうか？　それともお酒のほうがいい？」彼女がきいた。

ニコはレクシーの脚に見とれていた。とても形がいいのは認めざるをえない。「コーヒーを頼む。ブラックで」

「覚えてるわ」

「今朝の訪問は忘れよう。そのほうがいい」ニコがそう言うと、彼女が驚いた顔をした。「状況はあまりにも変わり、時間は過ぎてしまった……僕抜きで。そんな状態を正したいんだ」

「どうするのが最善だと思ってるの？」レクシーがキッチンでコーヒーをいれつつ尋ねた。

「僕たちは結婚すべきだ」ニコはなんでもないという口調で切り出した。居間からキッチンへ行って彼女を見つめる。「そうすればすべてが解決する」

「解決することなんてなにもないわ」彼女が不信感をあらわにした。

「僕の目から見ればある。あの子たちが非嫡出子である限り僕の家族は心配し、僕の財産も相続させられない。僕は子供たちにも君にも、月々の生活費を払う以上の借りがある。君たちは無一文のホームレスでいてはいけないんだ。結婚すれば、君たち全員の面倒を見られる」

「面倒を見てもらう必要はないわ」たとえ事実であったとしても無一文のホームレスと言われたのが恥ずかしかったらしく、レクシーが頬を赤らめた。

ニコは彼女のブルーグリーンの瞳を見つめ、そこから嘆きや憤り、傷心といった感情を読み取ってうろたえた。頭の中には二人で過ごした一夜の記憶がよみがえっていた。「誰だってたまには面倒を見てもらう必要がある」

レクシーがたじろいだあとで、ニコにコーヒーを渡した。「あなたにはわからないと思うけど、赤ちゃんが生まれる前から、私は行政の手当や人の親切に頼って生きてきたの」声は感情でくぐもっていた。「友人のメルと彼女のご両親には信じられないほどよくしてもらったわ」

「僕と結婚すれば、金の心配も住む場所の心配もしなくてよくなる」ニコは誘うように言った。

必死に涙をこらえていたレクシーの口から泣き笑いに近い声がもれた。プロポーズしてほしいなどという願望は全然なかったのだろう。結婚という古風な手段を口にされるとは想像もしていなかったに違いない。

「本気とは思えないわ……お金めあてで結婚してほしいなんて」レクシーが小さな声で言った。「私はお金のための結婚なんて考えたこともない。あなたの財産なんて欲しくないし――」

ニコはレクシーが振りまわしていた手をつかみ、落ち着かせようと握りしめた。彼女は目に涙を浮かべ、ひどく動揺していた。レクシーをうろたえさせるつもりはなく、むしろなぐさめて選択肢を与えてやりたかった。彼にとって結婚は数ある選択肢の中の最上位ではなかった。彼女を妻にすれば家族が喜び、世間が納得し、子供たちの人生にいくらでもかかわれるとしても、気は進まなかった。

「財産めあてで結婚してくれたとしても、僕はうれしいよ」

「で……でも、それって普通の結婚じゃないわ」問いかけるような視線をニコに向けて、レクシーが言った。

「たしかに結婚するのは書類上にすぎない」Tシャツが動くたびにレクシーの胸の先が布地に浮かびあがり、ニコは煮えたぎる欲望を抑えつけた。レクシーはダイナマイト並みに危険な女性だ。僕の体は彼女の魅力に逆らえないらしい。「それでも、僕の家族の前では本物の花嫁らしくふるまってもらいたい。そうすれば三つ子はディアマンディス一族にとけこめるし、いろいろと都合がいい」

信じられないというように、レクシーの口があんぐりと開いた。「それじゃ、結婚の話は本気なのね？　よく考えた末の提案だし、本当に都合がいいと思っているのね？」

「危機管理能力にすぐれていると言ってくれ。僕の長所なんだ」ニコはことさら淡々とした口調で告げた。「結婚は期間限定にする。君はこの国でもどこでも、住みたい場所にきちんとした家庭を築いていい。子供たちには僕が父親だと教え、ごく普通の家族として暮らす。見せかけの結婚に飽きたら、離婚して共同親権を持てばいい」

結婚は期間限定――なるほど、そういう提案なら納得できる。レクシーは暗い気持ちで思った。その結婚は一時的な取り決めにすぎず、生涯をともにするという通常の誓いじゃない。けれど、ニコの言い分も理解できる。結婚したあとどうなるかは簡単に想像がつくからだ。ニコは私と子供たちを大切にしてくれるだろう。彼にとっては大きな意味があるみたいだから。それに私もニコの妻になれば離婚したとしても立場が保証され、誰からも哀れまれたり見下されたりせずにすむ。子供たちもディアマンディス家の一員として認められるし、お金の心配をする必要もなくなる。

「なぜこんなことをするの？　私の生活より、自分の生活を守るほうが大事でしょう？」レクシーはできる限りニコのためを考えてきいた。プレイボーイが偽りとはいえ結婚したら、これまでと同じことはできなくなる。もちろん私もばかではないから、彼の浮気を離婚の理由にはしないつもりだけれど。これ以上気まずい質問をするのはやめておこうと思い、彼女は背を向けようとした。

「僕が結婚に乗り気なのは、結婚する前から母が父の愛人だったせいかな」ニコが不本意そうな口調で打ち明け、レクシーは思わず足をとめた。「前妻が不貞を働いて亡くなったあとで、父は母と結婚した。僕は三歳だった。だが、僕と母を父の人生に正式に引き入れたのは面目を保つためでしかなかったんだ」

レクシーはゆっくりと振り返った。思いがけない告白をした彼は、裕福なディアマンディス家の一員という仮面がはがれ、ごく普通の人間らしく見えた。

「まあ……」あまりに個人的な秘密を聞かされて、ほかにはなにも言えなかった。

ニコが勢いよく息を吐いた。「僕はずっと母と自分が前妻や兄よりも劣った存在として、一族の中で見下されている気がしていた。自分の子供たちにはそんな思いをしてほしくない」

レクシーはぎこちなくうなずき、ようやくニコの結婚の動機を完全に理解した。それでも、彼が秘密を打ち明けてくれたことには心を動かされまいとした。そんな過去があるなら結婚を口にするのも当然だ。ニコはなに不自由なく育ったディアマンディス家の一員ではなかった。父親がまだ別の女性と結婚している間、彼はその愛人の息子として存在を無視されていたのだ。そこまで考えて彼女はうろたえた。人は見かけではわからないものだ。私はニコの恵まれた暮らしぶりと私への扱いだけを見て、最低な男性だと判断してしまった。

自分が少年時代に味わった不安を子供たちに与えないのが結婚を望む理由なら、ニコが私からの連絡をはねつけていたのはなんだったのかしら？　彼は思っていた以上に複雑な人だった。華やかで軽薄に見えても、実は炎のような情熱と強い意志の持ち主なのだ。

驚くべきことに、レクシーは考えもせずに決心していた。ニコがここまできちんと話してくれたなら、彼を信頼して結婚しよう。そのほうがエズラにも、イーサンにも、リリーにもいいはずだ。私はニコがなぜ結婚を申しこんできたのか理解しているし、これが本当の結婚ではないのにも納得している。

それに実際、私に失うものがあるとは思えない。無一文のホームレス――それはただの言葉ではなく、日々レクシーを苦しめ、存在感を増していく不安や恐怖も表していた。自分たち親子のためにいろいろしてくれたメルには大丈夫と言い張っているけれど、本当は違った。貧乏から抜け出せると思うと、自身の世界に太陽が燦然《さんぜん》と輝き出した気分になった。

レクシーは三つ子にきちんとした服を買い与え、最高の食事を出し、快適なベッドを用意してやりたかった。そして、子供たちにはなんの危険もないと実感したかった。そのためなら悪魔とだって結婚する覚悟だった。

目頭が熱くなるのを感じた。この一年半、なにかに期待するのはやめていた。ニコが子供たちのために犠牲を払うのをいとわないというなら、三人を愛することもできるだろう。愛情は物質的な豊かさよりもはるかに大事だった。なぜなら父親の愛なしに育つのがどんなことか、彼女は知っていたからだ。

「わかったわ」レクシーは硬い声で言った。「私、あなたと結婚する」

5

「すごいわね……」ヘリコプターを降りて乗りこんだ車が、美しい柱が印象的な大邸宅をめざしているのに気づいて、メルが声をあげた。建物はファロス島の丘の上に山のようにそびえていた。そこは島におけるニコの家であり、もう一方にあるさらに巨大な建物は、彼の異母兄ジェイスと兄弟の祖母エレクトラの住まいだという。ニコが受け継いだ家は、父親のアルゴスがエレクトラと不仲になったあとで建てられたものらしい。

〝ばかばかしいくらい派手だから覚悟しておいてくれ〟電話でニコには言われていた。〝今は僕の家だが、ローマ風の豪華さが父の好みだったんだ。父は趣味の悪い人だった〟

　二台の車がとまった。一台にはレクシーが、もう一台には三つ子と養育係《ナニー》が三人乗っていた。ニコが三人も雇った理由は、どのナニーにも過労になるまで子供の面倒を見てほしくないし、どの赤ん坊にも最高の世話を受けてほしいからだった。レクシーはこの二週間に起こった変化についていけず、まだ頭がくらくらしていた。その間に彼女は少なかった服を山ほど買いそろえてからウエディングドレスも選び、かなり大がかりな結婚式の準備までしていた。といっても幸運なことに、レクシーは好きな料理や好みの色や花を電話で伝えただけで、あとはあまり意見を求められずにすんでいた。

　〝まるで別の惑星にいるみたいね〟メルは以前、いっきに贅沢《ぜいたく》ができるようになったレクシーにそう言った。

　ニコが結婚に関するすべての取り決めを電話ですませたのはいいことなのよ、とレクシーは何度となく自分に言い聞かせていた。二人の微妙な関係を続けるにはビジネス上の取り引きと同じだと考えたほうがいい。つまり私は偽りの結婚を本物らしく見せることで、彼からお金をもらう。そのために、二人は互いに好意を持っているふりをしなければならないのだ。

　とてもすてきなニコが同じ部屋にいると目を離すのが大変なのに、そういう演技をするのがむずかしいとは思えない。それに純粋に参考にするためにインターネットでニコについて検索し、一年半前に連絡が取れなくなったときにはわざわざ調べなかった彼の情報も手に入れた。正式な名前はドメニコであるとか、彼の母親のビアンカは初めて父親のアルゴスに会ったとき、少しばかり有名なローマ社交界の花だったとか。

　どれも些細《ささい》なことばかりだわ、とレクシーは自分に言い訳した。でも、結婚式や今後出会う人々に備えて知っておいたほうがいい。

こちらを待っている一団を車からちらりと見て、レクシーはぞっとした。あの人たち——富と権力を持つディアマンディス家の人々は、ニコの目には私が特別な存在に見えていると思いこもうとしているはずだ。彼女は湿ったてのひらをブランド物の落ち着いた緑色のワンピースでふいた。車のドアが開くと、ウェッジヒールをはいた足を外に出す。顔を上げたとき、ドアを開けてくれたのがニコなのに気づいた。何日かぶりに彼を見てわきあがった安堵《あんど》感は強烈でめまいがした。

「ニコ……」レクシーはドアから離れながらつぶやいた。

「レクシー」そう言った五秒後に彼がレクシーを引きよせ、身長差をなくすために彼女を抱きあげてキスをした。

それはレクシーが忘れようとしていたこと、追体験するのを拒んでいたことだった。まるでニコが彼女の体に火をつけ、その炎が際限なく燃えあがっているかのようだ。こういう触れられ方はとても久しぶりで、レクシーはどうにか自分の心を守りながらキスに身をゆだねた。彼女の唇に触れるニコの唇はやわらかく張りがあって、とてもエロティックだった。レクシーは彼の頭をとらえ、前にも喜びを求めて手を差し入れた豊かな黒髪の感触をふたたび堪能した。舌と舌がからみ合うと息をのむほどすさまじい熱に襲われ、腿のつけ根がじわじわと温かくなっていった。彼女は酸素を求めてあえぎ、頭を後ろに倒した。

「続きは部屋に行ってからにしてくれ」近くで聞き慣れない声がした。

レクシーは我に返ってまばたきをした。自分たちのまわりにはかなりの人がいて、恥ずかしくてたまらなぐなる。「下ろして」彼女はつぶやいた。

「靴がないじゃないか」ニコが指摘しつつもレクシーを下ろした。彼女はあわててニコの足元にあるはずの靴をさがした。

私は靴が脱げたことにさえ気づいていなかったのに、どうしてニコは気づいたの？　信じられないほど恥ずかしい。彼の家族に会うというのに、なんて体たらくかしら！　いいえ、なぜニコが私をギリシアへ連れてきたのかなら理解している。彼が言っていた偽りの結婚のためだ。ニコは、私たちを本物のカップルに見せようと努力している。だからああいう態度をとったのだろう。そうだとしても私が車から降りたとたん、猛獣のように襲いかからなければならなかったのかしら？　ちょっとやりすぎでは？

「レクシー、兄のジェイスと……その妻のジジだよ」ニコが紹介した。

「ようこそ、あなたの新しい家へ」華奢《きやしや》な若い女性が温かな笑みを満面に浮かべた。「明日の結婚式が待ち遠しいわ」

「見た感じだと、二人もそうらしいぞ」ジェイスが言い、レクシーの顔がさらにピンクに染まった。

「映画の撮影でも始まったのかと思ったよ」

「そうね、とってもロマンティックだったわ」銀髪の年配の女性が明るく会話に加わってきて、レクシーを抱きしめた。「私はエレクトラ、ニコのお祖母《ばあ》ちゃんよ。でも私の二人の孫と同じように、ギリシア語で〝ヤヤ〟って呼んでね」

ニコの案内で、レクシーは金箔《きんぱく》を張った大きな調度品が並ぶ大理石の玄関ホールから二階に上がった。なんとなくギリシアの小さな島にいるというよりは、美術館か宮殿にいるみたいな気分だ。たしかに堂々として印象的な場所だけれど、居心地がよいとは言えず温かみもない。

彼が二階のある部屋のドアの前で立ちどまり、レクシーを中へ案内した。「子供部屋だ」声は静かで満足げだった。

目に飛びこんできたのはレクシーの理想の子供部屋だった。三台のベビーベッドは美しく、高価で買えなかったかわいらしいベビー用品がすべてそろっている。彼女は息をのみ、磨きあげられたベビーベッドの木の縁を指でなぞったり、やわらかくなめらかなコットンの上掛けを撫《な》でたりした。「あなたもここで育ったの？」

「いや、三つ子のために特別にしつらえてもらった。この家ができたのは僕が思春期になってからなんだ。君が一人部屋を与えたいと思った場合に備えて、ここをエズラとイーサンとリリーのために三つに仕切る算段もつけてある」

「まあ、すごく忙しかったでしょうね」レクシーはどうにか口を開いた。早くも赤ん坊たちの将来を考えているニコにあっけに取られていた。

「僕たちの部屋へ案内しよう」ナニーたちが荷物を運ぶお仕着せ姿の使用人たちとともに現れたとき、ニコがレクシーの手を握って言った。

「ここってずいぶん堅苦しい雰囲気なのね」彼女は言った。

「僕じゃなく、父の趣味なんだ。ここにいる間、変えたいところがあったら遠慮なく言ってくれ。島では兄とヤヤがいる家にいるほうが好きだった。ここは僕にとって決して幸せな記憶がある場所ではなかったからね」

「そう……」レクシーは詳しい事情を知りたかったけれど、偽りの結婚相手にしていいことなのかどうかわからなかった。先ほどのキスで唇はまだうずいており、必要以上に夢中になってしまった気恥ずかしさもあって、質問するより一線を引いておこうと決めた。

「ここが君の部屋だ……」使用人たちが荷物を運び

入れる間、レクシーは広々とした金色の寝室と、金箔が張られた極端に豪華な四柱式ベッドに目をみはった。それからくすくす笑った。

「自分の部屋だという気がしないわ」声を落として続ける。「ここを見ていると、つくづく私は平凡な女なんだと思う」

「母はここを好きだと言っていたが、実際は父を喜ばせるために好きでいなければならなかっただけだった。田舎町にある農場の娘だったから、圧倒されていたはずだ」

「農場？」レクシーは驚きを隠せずに問いかけた。「でも、ローマ社交界の花だったって記事には書いてあった――」

「いや、とんでもない。それは父の面目を保つための作り話だ。市場で出会った農場の娘と妥協して結婚したとは言えなくて、世間に向けてはそういうことにしたんだろう」

「でも、きっとお父さんはお母さんを見て恋をしたのよ」レクシーは言った。

「父は前妻のジェイスの母親に夢中だったはずだから、君の勘違いじゃないかな」

「あなたは……」口にしかけて、彼女はためらった。

ニコが促すような視線を向けた。「僕が、なんだい？」

レクシーはたじろいだ。「お父さんについて少し厳しすぎるんじゃないかしら。でも、お父さんがとてつもなく恐ろしい人だったなら――」

「僕はそう思っている。父は多くの人にひどいことをした」ニコの口調はきつく、彼女の気持ちは暗くなった。「僕はビジネスでも人生でも、あの男を反面教師にしているんだ」

レクシーはうなずき、彼を怒らせずにすんでよかったと思った。「たしかにここの装飾はすごいけど、私はお母さんと違って快適に過ごせそうだわ」

「僕の部屋はあのドアの奥だが、今は鍵がかかっている。明日の夜は一人でいられないぞ。ヤヤが新郎新婦に別々の寝室を使わせるわけがないし、結婚式もあるんだから――」

「大丈夫。なんとかできるわ」レクシーは急いで言った。けれど、頭の中はきいてみたいことでいっぱいで爆発しそうだった。

目の前には初めて会ったときのニコがいた。思いやりがあり、思慮深く、親切だった男性が。電話や手紙や会社訪問によって連絡を取ろうとしていた一年半の間、その彼はどこに行っていたのかしら？ニコは私が妊娠したと知ってパニックに陥ったの？妊娠という問題を直視できなかったから、私がかけた電話を取らず、手紙を捨てたの？彼を無責任で身勝手な悪い男性だと思えないなら、ほかにどう考えればいい？

もちろん過去の非難されるべき行為について、ニコに自己弁護する余地はない。けれどもし彼が仲直りしようとしているのなら、少なくとも私は償おうとしている相手の努力を評価したほうがいいのかしら？

「今夜はジェイスとヤヤが、自分たちの家で夕食会を開いてくれるそうだ」ニコが言った。

「私はなにを着ればいいの？」

「華やかなロングドレスがいいな」部屋を出ていく前に彼が答えた。「ジュエリーをいくつか持ってくるから選んでくれ。母がここまで運んできてくれたんだ。左手の薬指には婚約指輪をはめてほしい。そのほうが格好がつく」

「あなたのお母さんは、私たちの関係が偽物だと知ってるの？」

「いや、母は本物だと思っている。僕たちが我慢できず、婚約期間を省いたんだと」ニコが苦笑した。

「とてもロマンティックな人なんだ」

あなたに会って失望させられるまでは、私もそうだったわ。レクシーは苦悩とともに思った。

一夜で恋に落ちるなんて、どういう人間がすることと？　まともで知的な女性のとる行動かしら？　けれど、私はその愚かさの代償を払ったのではなかった？　ニコに対する幻滅から立ち直るには何カ月もかかったじゃないの。

レクシーは子供部屋へ行き、三つ子と過ごしながらナニーたちをもう少しよく知ろうとした。ベス、スージー、インディラは若くて活発でおしゃべりだった。エズラもイーサンもリリーも落ち着いていて、彼女たちの世話に満足しているようだ。しばらくの間、レクシーは大邸宅の中を歩きまわってはさまざまな部屋をのぞいた。そしてたっぷり時間を使ってから、夕食会に備えて支度をするために自室へ戻った。

ドレッサーの上には大きくて美しいジュエリーボックスが置いてあった。ニコの母親が持ってきたものだろう。まだ見ぬ将来の花嫁に自分の財産を差し出すなんて、とても寛大な女性だ。ニコの母親が農場の娘だったとは驚いた。でも、ビアンカは自分の貧しい生い立ちを私に知られたくなかったかもしれない。彼は秘密にしておいたほうがよかったのでは？

そんなことを考えながら、レクシーはきらきら輝くダイヤモンドとエメラルドの指輪を薬指につけたあと、はずして脇に置いた。ニコは母親に、私がジュエリーを一つも持っていないと言ったらしい。まったく親切な男性だ！　彼女はシャワーを浴びて身支度をする前に、着る予定のドレスに合った繊細なダイヤモンドのネックレスを選んだ。

三つ子はすでにベビーベッドで眠っていて、寝かしつけに間に合えばよかったのにとため息をついた。すっかり着飾っていたレクシーは信じられないほど贅沢な気分だったものの、落ち着きを失っていた。

小さな歩幅でしか歩けない、マーメイドスカートの銀色がかった紺色のロングドレスで大階段を下りていき、ディナージャケットに蝶《ちょう》ネクタイ姿のニコが待つ場所へと向かった。その姿はインターネットで見たとおりだった。

ただし今回、ニコの腕にアンゲリキ・ブーラスという女性がしがみついていることはなかった。そのブロンド美女のなにがそんなに特別なのか、普段のレクシーなら質問攻めにしていただろう。ほかの女性たちは彼と関係を持っても数週間しか続かなかったようなのに、なぜアンゲリキとの関係は続いているの？　残念ながらレクシーは、自分と偽りの結婚をしようとしている男性に対して個人的な詮索をする権利はないと思っていた。

ニコはロングドレスに身を包んだレクシーの喉元と指で輝いているダイヤモンドにうっとりした。

「きれいだよ」彼はほめた。

「金めあての女に見えるでしょう」将来の花嫁が不機嫌そうに言った。「ブランド物のドレスに身を包んで、こんなにきらびやかなジュエリーをつけているんだもの」

ニコは笑みを浮かべた。「もしかしたら、僕はセクシーで小柄なそういう女性に目がないのかもしれないな」

「やめて。でないと笑っちゃうわ。上品に優雅に見えるよう一生懸命努力しているのに」

「夕食会に来るのはただの人間だよ。だからいい人も悪い人も、友好的な人もそうでない人もいる。裕福さが君よりすぐれている証明にはならない。唯一の違いというだけだ」彼はレクシーをなだめ、車高の低い真っ赤なスポーツカーに乗せた。

島の反対側にある巨大な邸宅には、ニコの父親の家にはない品格があった。彼は建物の前に車をとめ、降りるレクシーに手を貸した。

「ショーの始まりだ。うまく演技してくれ」

「でも私たちが結婚することになった経緯を、あなたはまだ話してくれていないわ」

「筋立てはシンプルにしておこう。僕は君の携帯電話番号をなくしたせいで音信不通になり、君をさがそうとロンドンじゅうをさがしまわった。そして見事発見したら、君は三つ子を育てていた」ニコは語った。「僕は生涯の愛を見つけたんだ」

「そこまで大げさに言う必要がある？」

「重要なのは、集まるのが僕の近しい家族だけだということだ。ジェイスとジジ、母、ヤヤ。ああ、それと親友のアンゲリキだ」

まあ、彼女は親友だったの？　その可能性は考えもしていなかった。ニコの言葉に安心して、レクシーはほほえんだ。「私、最善を尽くすわ」

しかし、美しいアンゲリキはレクシーをひと目見るなり顔を引きつらせた。この魅力的なブロンド女性は私の花婿の親友かもしれないけれど、花嫁である私と仲よくする気はなさそうだとレクシーは思った。すばらしいブロンズ色のイブニングドレスに身を包んだアンゲリキは、裕福な相続人らしく輝くように美しかった。けれどほっとしたことに、ニコの母親ビアンカは、レクシーを温かく抱擁してくれた。

ビアンカは、ジュエリーを貸してもらったレクシーのお礼を一蹴した。「アルゴスと結婚したとき、私もディアマンディス家の人たちに気おくれしたのを思い出したのよ。息子の妻に同じ思いはしてほしくなくて」華やかな上流階級にいるとは思えないほど、明るい声には心がこもっていた。「息子がまわりにいる甘やかされたお金持ちのお嬢さんたちの外見にだまされず、仕事を持っていて自立した女性と結婚すると言って、私はほっとしているの」

「よかったです」レクシーは力強い抱擁を受けなが

ら弱々しい声で言った。三つ子が誕生して以来、自立からもまともな仕事からも遠ざかっているとは説明できなかった。

「結婚式に口出ししないと約束するから、明日の朝、孫たちに会いに行ってもいいかしら？」ビアンカが続けた。「会いたくてたまらないんだけど、しつこいとは思われたくなかったの。だから今日、ニコの家へ行ったときから機会をうかがっていたのよ」

「しつこいなんて思いません」レクシーは言った。

「いつでもいらしてください」

それから彼女は正餐《せいさん》のテーブルについた。

「あなたのお母さんってすてきな人ね」同じくテーブルについたニコに話しかける。

「そうでしょう？」ジェイスの妻のジジが快活に会話に入ってきた。「私にとってはヤヤの次に大好きな人なの。二人ともいやなことを言わないから」

「エレクトラ・ディアマンディスは頭のてっぺんから爪先まで本物のレディよ。骨の髄まで気品があるもの」アンゲリキがテーブルの向こうから強い調子で口を挟んできた。

ジジがレクシーに向かって目を見開いてみせたので、レクシーはブロンド美女の気取った言葉に笑いそうになった。あの愚かな女性は、ニコの母親をほめたたえないことが侮辱にあたるのを理解していないようだ。「ビアンカは本当に魅力的でやさしい人だわ」レクシーは言った。

料理が形式にのっとって出される中、レクシーはアンゲリキがほとんどニコから目を離さず、定期的にギリシア語を使うことでこちらを仲間はずれにしているのに気づいた。ああ、絶対に友人になるのは無理な相手だ。

長い夜だった。食事が終わったあとはいつまでも別れの挨拶が続き、ニコが帰ろうと言ったころにはレクシーはふらふらになっていた。預けていた羽織り物を取りに廊下に出たとき、アンゲリキが声をかけてきた。「続かないでしょうね、あなたとニコは」

彼女がささやくように言った。

「なぜかしら？」レクシーはきいた。

「彼は子供たちだけが欲しいのよ。もし明日結婚したら、子供たちを失うことになるわよ」アンゲリキの口調はやさしかったが毒蛇を思わせた。

レクシーはただうなずき、羽織り物を受け取って肩にかけた。胃は引っくり返りそうで、明らかにニコを求めている女性に心をかき乱されている自分が情けなかった。

「なにかあったのかい？」ようやく挨拶を終えてレクシーと車に戻ったとき、ニコが尋ねた。

「なにもないわ」レクシーは冷静に答えた。アンゲリキと違って、彼女はニコの心が読めた。アンゲリキはニコを求めているかもしれないけれど、彼はどれだけ親友が美しくセクシーでも関心を持っていない。「大変な一日だったから、すごく疲れただけ」

翌日は結婚式だったものの、レクシーは疲れが取れていなかった。アンゲリキの意地の悪い言葉が真実ではないかと心配で、なかなか眠れなかった。離婚したら、ニコは子供たちを私から取りあげるつもりなのかしら？　答えはわからない。とはいえこの一年半の困窮ぶりを考えれば、私に選択の余地はない。子供たちがより安全で安定した家庭で育つようにするのは、私の義務だからだ。それでも、ニコが母親を奪って子供たちを傷つけるリスクを冒すとは思えない。

子供部屋では、ビアンカが床に膝をついて三つ子と遊んでいた。レクシーはまだ起きたばかりで、ガウンも羽織っていなかった。そこでビアンカと一緒に敷物の上に座り、これから義理の母親になる女性がエズラやイーサンやリリーと打ち解ける手伝いをした。自室に戻ろうとしたとき、廊下でコットンのセーターと細身のジーンズを身につけた長身でハンサムなニコにでくわした。

彼が唇に指をあて、静かにという身ぶりをした。

「新郎新婦は教会に行く前に顔を合わせるものじゃないんだ」

レクシーは顔を紅潮させ、自分の寝室へ駆けこんだ。そんな伝統を忘れていたなんて、結婚式では大丈夫かしら？　部屋ではメルが待っていた。彼女は前日の夕食会を、高尚な社交界にはなじめないと言って欠席していた。

美しいウエディングドレスを着る前に、レクシーは何人ものプロの手によってヘアメイクとマニキュアを施された。

「今は結婚をどう思ってるの？」ニコがレクシーと三つ子のために正しいことをしているのかどうか、親友は確信が持てずにいるらしい。

「少しは望みがあると思ってるの」レクシーは打ち明けた。「ニコは努力してるわ。ちょっと遅かったけど、お金めあてで結婚してくれてもいいと言った勇気のある男性には拍手を送るしかないでしょうね」

「勇気があるか、ずる賢いかね」弁護士のメルはあまり納得しているようすではなかった。

そこへウエディングドレスを着せてくれる人々が到着し、それ以上個人的な話をする時間はなくなった。数時間後、レクシーはビアンカのダイヤモンドのティアラに短いベールをつけて頭にのせ、購入したドレスを身につけた自分の姿を鏡で眺めていた。これが人生唯一のウエディングドレスになるかもしれないと思って、値段を度外視して思い描いていたとおりの一着を買い求めたのだ。スパンコールのついたシルクのチュールと繊細な刺繍《ししゅう》が美しいドレスは、エドワード王朝時代の茶会用のような細身のデザインで、胸元はボートネック、袖は長く腕にぴったりと張りついていた。

「すてきよ」メルが夢見るような声で言った。

村の教会のバージンロードの手前で立ちどまったとき、レクシーはおおぜいの列席者を見て頭を高く上げた。ジェイスの叔父の一人が招待しなかった父親代わりを務めてくれると申し出てくれたけれど、彼女は男性によって引き渡されるのではなく、自分一人で花婿のもとへ行きたいからと丁重に断った。

しかし振り向いて誇らしげにこちらを見たニコが驚きと称賛を顔に浮かべた瞬間、レクシーは自分が抱いてはいけない気持ちを抱いているのに気づいた。ああ、なんて演技の上手な人なのかしら、と彼女は感心した。本当に、ものすごく上手だ……。

6

結婚式は形式どおりに進み、比較的短時間で終わった。「すごくきれいだよ」日が差す教会の階段で写真撮影が行われているとき、ニコが小声で言った。

「二人のときは演技しなくていいのよ」レクシーはほほえみを崩さずに言った。

「君はほかの女性みたいにほめ言葉を受け取れないのか？」

「緊張しているんだもの、無理だわ」彼女は申し訳なさそうに答えた。

人でごった返している中を通り抜け、ニコがレクシーを、披露宴会場である大邸宅に向かう飾りたてられた車に乗せた。「本心でないなら言わない。たとえ演技をしていても」口調は鋭かった。

　レクシーは深くゆっくりと息を吸って、指につけたプラチナの結婚指輪をまじまじと眺めた。まだ夢を見ている気分で、隣にいる途方もなくすてきで裕福な男性と法的に夫婦になったことが信じられなかった。

「今日の出来事が現実だと思えなくて」彼女は正直に言った。「ずっと平凡な人生を送ってきたから、こんな派手な大騒ぎや華やかさには慣れてないの」

「僕はただ君に居心地よくいてほしいんだ。今日からは派手な大騒ぎはしないと約束する」

　そう言われて落ち着きを取り戻したレクシーは、ニコの案内で昨夜食事をとった大邸宅へ入った。到着した招待客を出迎え、舞踏室と同じくらい広い部屋へ向かう。そこには食事が用意され、給仕係がいたるところにいた。

「お父さんは招待しなかったのか？」最初の料理を食べていたとき、ニコがきいた。

　レクシーは固まった。「ええ。三つ子を授かった直後にも連絡したけど、父は興味を持たなかったの。それどころか無責任だと説教をされたし、エズラがまだ新生児集中治療室《NICU》にいたときにも面会に来なかったし、そのあとも初孫に会おうとしなかった。だから招待したくなかったの……地位も財産もあるあなたと結婚したと言ったら、きっと感激したと思うけど」ぎこちなく説明した。

　男らしい顔をしかめてニコがうなずいた。「君の決断は正しいと思う」

　その言葉に安心して、彼女はさらにリラックスした。「だからメル一人だけを招待したの。メルのご両親にも来てほしいとお願いしたんだけど、彼女のお父さんの休みが取れなくて。それにここ二、三年、結婚式の招待状を出すほど親しくなった人はいなかったし」

ニコが深く息を吸った。「支えてくれる人がいなくて大変だったんだな」

二人の間に雄弁な沈黙が下りたが、どちらも口を開こうとはしなかった。

披露宴のスピーチは短く、あっという間に終わった。ウエディングケーキが切り分けられ、ダンスが始まる。新郎新婦はしばらく招待客と談笑していたが、ニコがレクシーの手を握ってダンスフロアへ連れ出した。最初のうち、レクシーは彼の腕の中で木の幹のように硬直していた。しかしニコにゆっくりと引きよせられると、彼のぬくもりと力強さが衣装を越えてしみ入り、彼女の中にある迷いという冷たい結び目をほどいた。ニコがレクシーに寄り添い、たくましい腿と引きしまった腰を押しつけたせいで、下腹部に熱が生まれる。胸の先も激しくうずき出し、恥ずかしくなったレクシーは必死に唾をのみこんでニコに対する自然な反応を抑えつけようとした。

「リラックスして」ふたたび緊張しているレクシーに、彼がなだめるように言った。「僕たちの演技ももうすぐ終わる」

そうだった、これは演技なのだ、と彼女は暗い気持ちで思い出した。本物の結婚式ではないのなら、ニコを本物の夫だと、二人が愛し合う夫婦だと考えるのは間違っている。

そのとき、アンゲリキが絶妙な動きで二人の間に割りこんできた。「あなたと二人きりでお話がしたいんだけど」彼女が平然とした顔でニコに話しかけた。ダンスフロアで新郎新婦を引き離すのを少しもおかしいとは思っていないらしい。

ニコはいらだった。それでもアンゲリキに促されるまま舞踏室を出て、反対側にあるジェイスの書斎に入った。

「どうしたんだ？」いらだちをこらえ、礼儀正しく尋ねる。

アンゲリキが明るい笑みを満面に浮かべ、真剣な目をした。ブロンドの長い髪は一つにまとめられ、片方の華奢《きゃしゃ》な肩に下ろしてある。「結婚願望がないまま結婚したあなたに、そろそろアドバイスをしてあげようと思って」

〝結婚願望がない〟という言葉に図星を指され、ニコは奥歯を噛《か》みしめた。「そんなものは必要ない」

「あなたが結婚したのは子供たちを手元に置くためなんでしょう？　三つ子だなんてね。まったく、彼女ももっと少なく産んでくれればよかったのに」アンゲリキがいやそうに顔をゆがめて嘲笑した。まるで出産が下品な話題だというようだ。「それでどうするの？　もし迷っているのなら、私が助けになるわよ」

「誰からも助けなんていらない」ニコはきっぱりと拒絶した。

「あの人と一緒に暮らすってことは、ずっとそばにいるって意味なのよ」アンゲリキが指摘した。「それはあなたの望みじゃないでしょう？」

「僕がなにを望んでいるか、君にはわからないだろう」ニコは強い口調で言い返し、背を向けて部屋をあとにしようとした。

「私はあなたを幸せにしてあげたいの」アンゲリキが宣言し、彼は足をとめて振り返った。彼女の瞳は温かな同情に輝いていた。「結婚したくなかったんだから、彼女のことはあなたが持っているたくさんの家の一つに隠してしまえばいいんじゃないかしら？　たとえば、フランスにあるすてきなお城《テオス・ムー》とかに。そしてあなたの妻だということにしておく。そうすればあなたは自由を取り戻せるわ」

かなり差し出がましいアドバイスをされて、ニコは顔をしかめた。「僕が妻や子供たちとどう生活するかは君に関係ないだろう、アンゲリキ。それにしてもなんてばかばかしい考えなんだ。三つ子は永遠に僕の子供だから、僕は父親らしい行動をとらなければならない。それが僕の務めなんだ。父はそういうことをしてくれなかったが、僕はあの子たちのために自分の役割をまっとうしてみせる」アンゲリキの怒りと不満に満ちた顔を無視し、厳しい口調で告げる。「すまないが、僕は花嫁のそばにいなければならない」

ニコはふたたびレクシーの隣に行き、彼女をダンスフロアに戻した。

「申し訳なかった。アンゲリキの話は大したことなかったよ」

「彼女って注目の的になるのが好きなの？」

「うんざりするくらいにね。癇癪《かんしやく》を起こして叫ぶ子供のころのアンゲリキの姿を今でも思い出せるよ」ニコは笑いながら打ち明けた。

「私たちの結婚式では叫ぶことまではしないんじゃないかしら」レクシーは言った。心の中では、花嫁をないがしろにするあの美しいブロンド女性を、夫があまり好きではありませんようにと祈っていた。

ニコに引きよせられたレクシーは、ぬくもりが伝わってくるのを感じてもう一度リラックスした。どんなに必死に無視しても、体に広がる熱が増しただけだった。ちらりと目をやると、花婿の金色がかった褐色の瞳は黒いまつげの間で美しい輝きを放っていて、彼女は口が乾き、息が苦しくなった。

悪態らしきギリシア語をつぶやき、ニコが頭を低くした。「そんなふうに見られていると僕は……」

なんの前触れもなく唇を奪われ、レクシーはニコの腕の中で震えた。彼が自分と同じくらい興奮しているのに気づいて、本能的に体を押しつける。おなかに興奮の証《あかし》を押しつけられて、かすかな戦慄が走った。最後に触られてから長い時間がたっていた。あの夜、私はそれまで知らなかっただけで自分にも欲望があるのを知った。どんなに忘れようとしても、ニコとの一夜の記憶を消すことはできなかった。

ニコがレクシーの手を引っぱり、広々とした舞踏室の端にある柱の陰へ導いた。柱に彼女の背中を押しつけたかと思うと、深い飢えもあらわにキスをする。心の準備ができていなかったレクシーは、温めた蜂蜜のような欲望が下腹部に広がるのを感じた。

頭を上げたとき、ニコの黒髪はレクシーが手でかきまわしたせいで乱れていた。「君が欲しい」彼がくぐもった声で言った。

その赤裸々な告白を聞いて、一日じゅう抑えつけていた緊張と不安がレクシーの中で爆発した。ニコがそこまで自分を求めていることが本当に心地よかった。妻としての立場が正当化され、二人の結婚がより血の通った現実的なものになった気がする。子供を身ごもった夜、二人をつないでいた絆《きずな》はいまだに残っていて、レクシーはそれにあらがうことができなかった。

「逃げ出すならほんの数メートル先にドアがあるぞ」聞き覚えのある声がどこかから聞こえてきた。

「なんですって？」しぶしぶニコのすばらしい唇から唇を離しながら、レクシーはどうにか口にした。

少し離れたところから、ニコの異母兄ジェイスがこちらに笑みを向けていた。「もう出ていくといい。君たち二人はするべきことをすべてすませた。自由の身になる時間だ」

顔が業火のように熱くなり、レクシーは必死に唾をのみこんだ。

「本気で言ってるのか、ジェイス？」ニコが尋ねる。

ジェイスが異母弟に言った。「おまえは子供のころあまりここにいなかったから、そのドアのことを知らないかもしれないと思ったんだよ」

ニコがギリシア語でなにか言い、レクシーを見てにやりとした。身をかがめ、彼女をかかえあげる。

「慎重にな」ジェイスが心から楽しそうな声でから

かった。

「彼は私たちの結婚が偽物だとは知らないのね」任務を終えたというように立ち去っていくジェイスを見送りながら、レクシーは弱々しい声で言った。

「知る必要はない。ジェイスが知っているのは、僕たちがどんちゃん騒ぎに飽きたこと、お互いから離れていられないことだけでいい」

あなたは違うでしょうと、レクシーはもう少しで言いそうになった。ニコが狭い階段の小さな踊り場で彼女を下ろした。レクシーがどうすれば落ち着きを取り戻せるか懸命に考えている間に、ニコが彼女をふたたび腕の中に引きよせた。身をかがめながら、長い指と大きくて力強い手でレクシーの体の線をなぞっていく。彼女の心臓は口から飛び出さんばかりに激しく打った。

「僕が欲しいか？」ニコが荒い息で尋ねた。

引き返すチャンスだったけれど、レクシーは偽善者でも嘘《うそ》つきでもなかった。「欲しいわ」彼女はやっとの思いで口にした。どうして私はすぐに気持ちを表に出してしまうのかしら？　冷たい理性の中に逃げこめば、この欲望も魔法のように消えてなくなるの？　しかし残念ながら、もっと強い衝動がレクシーの中にこみあげていた。その感覚は狂気じみていて、常識と分別のある彼女にとってはまったく初めての経験だった。

ニコの官能的で大きな口にまぎれもない満足の笑みが浮かび、褐色の瞳が称賛で金色に輝いた。「君は嘘をついたり、駆け引きをしたりしないんだな」

「ええ」レクシーはそう言い、階段をのぼるよう彼を促した。

息を整えるために階段の上で立ちどまると、ニコがあらためてレクシーの唇を奪い、彼女の体温は急上昇した。欲望が渦巻き、両手で彼の無駄な肉のない日焼けした顔をなぞる。ニコがふたたびレクシーを腕にかかえあげ、絵画がずらりと並ぶ広くて堂々とした廊下を大股に歩き出した。「祖母《ヤヤ》のコレクションなんだ」寝室のドアを大きく開けながら、ユーモアたっぷりの口調で簡潔に説明する。

目の前には真っ白なシーツにおおわれた巨大なベッドがあった。その上に米とアーモンドと花の蕾《つぼみ》がまき散らされている。

「米とアーモンドをまくのは幸福と繁栄を祈ってのことだ」ニコが花嫁を下ろしてから、片方の手でベッドの上のものを払いのけた。「ヤヤは古い伝統を大切にしているんだよ」

「まあ、繁栄を祈る必要はないわよね」レクシーが指摘した。

言葉の真意に気づいて、ニコが形のいい頭を後ろに倒して大笑いした。その瞬間の彼は息をのむほど美しく、とても魅力的だった。そんな男性が自分の夫だということがレクシーには信じられなかった。

でも、いつまで彼は私の夫でいるのかしら？　彼女は頭に浮かんだ疑問を追い払った。相反する感情や感覚がせめぎ合い、体が緊張する。結婚していようがいまいが、子供たちの父親ともう一度ベッドをともにすることを考えるのは間違っていると、頭の奥で小さな声が警告していた。部屋の向こうへ歩いていくニコをちらりと見て、レクシーは思った。彼がまだ自分の理想の男性であるうちは、常識などなんの役にも立たなそうだ。

出産後の数カ月間は、三つ子の健康と幸せ以外に喜ぶべきことはなかった。当時は毎日生きていくのがやっとで、ほんのわずかな大人としての楽しみもなく、すっかり年老いた気がしていた。

ニコは蝶《ちょう》ネクタイをゆるめ、靴を脱いでいる。その姿は自信に満ちていて彼女は怒りに駆られてもおかしくなかったけれど、そうはならなかった。ニコのどこを見ても熱い欲望がこみあげてくる。その冷静さにも、生来の誇り高さにも、最高に洗練された立ち居ふるまいにも、低く深みのある落ち着いた声にも、罪深いほどの美貌にも。それに、思いがけない瞬間に示されるやさしさと理解については言うまでもない。これは彼のためでも子供たちのためでもなく、全部私が自分のためにしていること、ただ純粋に私が望むことなのだ。

ニコの気持ちなんて気にする必要があるとは思えない。雪の降るヨークシャーの忘れられた夜に、彼は私を利用して楽しいひとときを過ごした。そのあとの幻滅の数カ月間、どんなに否定しても妊娠した事実は変わらなかった。そのころの空虚感や、ときに勢いよく襲いかかってきた孤独感を癒やすときがきたのかもしれない。けれど彼は、私が癒やし以上のものを必要としているとは思わないだろう。

それに私は知っている。ベッドをともにしていない夫婦が別れるとなったら、法的には婚姻関係がないものとみなされるのだ。大富豪に高額な報酬で雇われた弁護士は非常に巧妙な立ちまわりをする。離婚が避けられないとわかっているなら、その事実も無視してはいけない。

「君の心はどこをさまよっているんだい？」レクシーはいつの間にか姿見の前にいた。そこにニコが映っている。窓に日よけがついている部屋は薄暗かったが、彼は背が高く、たくましく、堂々として見えた。子供だったら、空に手が届きそうなほど大きいと思っただろう。しかしもはや子供ではなかったレクシーは、ニコの男らしさを意識して張りつめた体に官能のわななきが走った。「ドレスを脱ぐのに手助けが必要かな？」

彼が美しいドレスの複雑なレースとホックに目をやったのに気づいて、レクシーの口が乾いた。花婿にドレスを脱ぐのを手伝ってもらうということが一度も頭に浮かばなかったのは、呪いなのか祝福なのかわからなかった。二人は結婚しても体を重ねたりしないんじゃなかったの？

ニコがまた笑った。「一人でそのドレスを脱ぐには曲芸師でないと無理じゃないかな」

ホックが数箇所はずれ、ドレスがゆるんだ。ニコの手は大きいだけでなく器用だった。胸の締めつけがゆるみ、彼の指先がレクシーの肩をすべるとドレスが足元に落ち、デザイン上つけることのできたものだけが残された。

「ガーターベルトか」

ニコがレクシーの背後にひざまずき、彼女は薄いレースのストラップレスのブラとショーツ、そして腿までしかない淡い色のストッキングを妙に意識した。ストッキングには〝花嫁を幸せにする四つのもの《サムシング・フォー》〟の一つとして青いガーターベルトがつけてあり、これはメルからの贈り物だった。親友はレクシーの結婚が本物でないのを知っていた。それでも人生一度きりの結婚式だからと考えたのだろう。

「君がこういうものをつけているとは思わなかった」

「あなたは私のことをあまり知らないでしょう」レクシーは楽しそうに言った。私がどれほど強くなったか、かつてのやさしくて寛容だった自分からどれほど変わったかを、ニコは知らない。

「喜んで学ばせてもらうよ」ニコがガーターベルトを花嫁の可憐《かれん》な足首まで下ろしていき、靴を脱がせて足から抜き取った。少し間を置いて、もう片方の足からも靴を脱がせる。もしレクシーがまだおとぎばなしに出てくる王子さまを信じているような女性だったら、彼の自信に満ちた態度とそつのない言葉にうっとりし、膝から崩れ落ちていただろう。ただし、今の彼女はそこまで世間知らずではなかった。

ニコが立ちあがり、ホックをはずしてブラを取り去った。彼の手がレクシーの両方の胸を包みこむと、その先がひんやりとした空気と手の感触で硬くとがる。このままここに立ちつくして苦いもの思いにふけっていたら、ニコとふたたび親密な関係になるのを思いとどまってしまいそうだ。彼のせいで思い悩むのはやめて、私は決めなくてはならない。体はニコがすぐそばにいるせいで震え、脈打ち、抑えようのない飢えに満ち満ちている。つまり彼を求めているのだ。

まるでレクシーがなにを考えているのかわかっているというように、ニコが彼女をゆっくりと振り向かせて唇をふたたび求めた。そしてレクシーが言おうとしていたことや、思い悩んでいたことをかき消してしまった。キスをしながら抱きしめられ、やさしくベッドに横たえられた瞬間、レクシーは我を忘れた。彼はせかしたり要求を押しつけたりせず、記憶の中の男性そのままだった。ただ彼女がどう感じているかだけを気にかけてくれていた。

ニコの手の中にある胸は豊かにはなっていたけれど、前より張りは失われていた。それでもレクシーは期待で胸がいっぱいになった。女性としての本能に命じられて欲望に身をゆだね、彼を求め、もっとと懇願した。胸の先はずきずきとうずき、飢えは今にも堰《せき》を切ってあふれ出しそうだ。その勢いが強くなるにつれて背が弓なりになり、口からかすかなうめき声がもれた。

「君のようにほかの女性を欲しいと思ったことはないよ」ニコがかすれた声で言った。

レクシーはその言葉を信じなかったし、気にもしなかった。なぜなら次の食事よりもニコを求めていたからだ。以前、赤ん坊のミルク代のために食費を削っていた彼女にとっては重大な意味があった。富と権力に恵まれた大富豪にはわからないだろうけれど。彼が自分をベッドに横たえたときも、もう少しで繊細な気づかいはいらないと言いそうになった。

初めて結ばれた夜、ニコは私に教えてくれたのだから。どんなに痛みがあったり疲れきっていたりしても、千の太陽にも等しい熱い欲望で彼を求めることはできると。そして彼は自分が不注意だったくせに、予定外の妊娠がどんな悲惨な結果をもたらすか知らなかった私をひどい目に遭わせた。今はやっとその責任を取っているにすぎない。

「私もあなたが欲しいわ」ニコがシャツをはだけ、彫像のような胸や固い腹筋、普通の男性はめったに持っていない盛りあがった筋肉をあらわにしたとき、レクシーは恥ずかしさをかなぐり捨てて言った。ニコが普通の男性と同じなわけがない。彼はまさに記憶と夢の中のとおりの男性だった。あの夜、ニコの誘惑に屈してしまったのも当然だ。彼を欲しいと思っていたとしてもそれがなに？　ニコも私に対してそう思っていたはずだ。

「君がそんなに……素直になるとは思わなかったよ」

「一年半前の私と今の私は違うのよ」レクシーは言った。

「なるほど」ニコが納得した。しかしその言葉に彼女は不安を覚え、ニコはなにを考えているのかしらと思った。でも、彼がなにを考えていたとしても関係ないのでは？　ニコが夫になった今、彼の意見や気持ちがどうであろうと知ったことじゃない。私はニコに愛されたいとも、大切にされたいとも望んでいないのだから。彼に望むのは育児に協力してもらうことと、自分と三つ子の将来を安泰にしてもらうことだ。愛はいらないのかですって？　そんなものはもうあきらめた。私は恋をした結果、燃えつきて灰になってしまった。なぜなら、理想だと思っていた男性は本当は存在していなかったからだ。

ニコが細身のズボンからベルトを取り、レクシーはふたたびその男らしい美しさに酔いしれると同時に恥じ入りつつも欲望が増すのを感じた。苦い憤りは思ったほど役に立たなくて残念だったけれど、下腹部は熱く脈打っていた。自分が分別をわきまえつつもニコを求めているのがうれしかった。だから、ズボンとボクサーパンツが消えた彼を見たときはうっとりした。同じ光景を彼女は前にも見たことがあった。

「君が僕を見る目が好きだよ」ニコがうわずった声で認め、目を輝かせてレクシーを見つめた。「僕が君を求めているのと同じくらい、君も僕を求めているのがわかる」

「そのとおりだわ」レクシーは思わず打ち明けた。それは弱さの表れでも、考えて身につけたやり方でもなかった。単に愛と欲望を切り離していただけで、これまでの苦労を思えばなんでもないことだった。

「君の言葉が僕たちの隔たりをうめてくれる」ニコがレクシーにおおいかぶさった。声は深みがあり、たくましい体は興奮しきっている。彼女はニコに魅了されながらも、前に彼のなすがままになったのは当然だったと思った。ニコは外見もカリスマ性も別格の男性だ。もし点をつけるなら満点でしかありえない。

ニコが巧みな技術を駆使してレクシーにキスをし、開かせた唇をなぞり、最後に舌を深く差し入れた。彼女はキスに夢中になり、純粋な官能の世界に落ちていった。たしかに、彼はベッドでは信じられないほど魅力的な男性だった。レクシーはニコが胸の蕾をもてあそんで口づけしたあと、さらに下をめざすのを眺めた。プレイボーイは練習を重ねているからあんなに手慣れているのよ。彼女は必死に頭を働かせて思った。

「またこうするのを夢見ていた。君の体は完璧だ」ニコがうなった。

「もう違うわ」おなかや胸、腿にある妊娠線に彼は気づかなかったの？　私の体は三つ子を身ごもってすっかり変わった。完璧なんてとんでもない。

「だが君は君だ」ニコが強調した。あたかもレクシーをまだこの世でいちばんセクシーな女性だと思っているかのようだ。

「あなたもあなただわ」レクシーは小さな手でニコの高い頬骨を撫でてから、豊かな黒髪に触れた。ああ、なんてすてきな人なのかしら。

熟練の手がレクシーの脚のつけ根をなぞってじっくりさぐり、熱く力強い唇でも同じことが繰り返された。彼女はニコの愛撫《あいぶ》に夢中になり、喜びと欲求に溺れた。飢えは燃えさかる松明《たいまつ》のように勢いを増していて、背を弓なりにしてあえぎ、うめきながら頂点へと駆けあがった。

「君にはこの時間を楽しんでもらいたいんだ」ニコの声はかすれていた。「そして僕といつまでもこうしていてほしい」

夫にチャンスをあげてもいいのかもしれない、とレクシーは思った。ニコと比べられる男性がほかにいたわけじゃないけれど、たぶん彼はベッドの技術に長《た》けているのだろう。というのも何度か恋愛に失敗したメルの話を聞く限り、私が経験した喜びは誰もが味わえるものではないらしいから。ニコに愛撫されるがままになっているのもそのせいだ。ベッドをともにしている女性をどうすればいいのか、彼は本当によく知っている。

ニコがレクシーに体を寄り添わせた。その程度でもレクシーの満足した体は敏感に反応し、胸の蕾がふたたび硬くなって体の中心がほてった。なぜならもうすぐ彼が至福をもたらしてくれると……必ずそうしてくれるとわかっていたからだ。

ニコがレクシーの脚を自分の肩にかけたとき、彼女は至福の予感に包まれ、体が熱くとろけた。心臓が激しく打ち、全身に血液を行き渡らせる間に彼がレクシーの中に入ってきて、体を押し広げられるような衝撃に襲われる。ニコはすばらしく、レクシーの体は彼に服従し、歓迎していた。なにもかも暗い夜に一人で思い出していたとおりだ。

ニコが近づいては離れ、また近づいてレクシーの中心まで強く押し入ると、ますます喜びは増した。歓喜が体に広がり、どんなに必死に抵抗してもゆっくりとふくれあがっていく。彼女は両手をニコの肩に置いて指を食いこませた。次の瞬間我を忘れてうめき声をあげると、彼が目を輝かせて見つめた。レクシーは夢中でニコに合わせて腰を揺らしたけれど、彼はゆっくりとしか動かず、彼女はさらなるものを求めた。

「もっと早く」レクシーは考えるより先に促した。

ニコがそのとおりにした。すべては以前、二人が結ばれたときと同じくらいすばらしかった。興奮がつのっていくにつれて、心躍るような快感が生まれる。レクシーの全身の細胞が一つ残らず歓喜で打ち震えていた。彼女は心臓がとまりそうな衝撃の中で泣き叫び、ニコも荒々しく男らしいうなり声をあげて力尽きた。

「君は信じられないほどセクシーだ」彼が言った。

「セクシーなのはあなただと思うわ……私がこれ以上を求めない限りは」レクシーはつぶやき、満足しきって余韻にひたった。

レクシーに体重をあずけていたニコがしばらくしてゆっくりと体を起こし、焼けつくような目で彼女を見た。「さっきの〝これ以上を求めない限りは〟とは、いったいどういう意味なんだ？」

「意味ならとっくにわかってるでしょう」レクシーは言った。とてつもない快楽の波にさらわれたあとで、頭を必死に働かせていた。「あなたと長く続く約束をしてもしかたないわ。短期間しか続かない、曖昧な約束のほうが好きなんだもの」

彼の目がぎらりと光った。「僕は君が言うような男じゃない」宣言する声には揺るぎないプライドがこもっていた。

プライドとしか呼べないものに背中を押され、レクシーはベッドから起きあがった。ニコの言葉が信じられなかった。彼が私にしたことを考えれば、そんなふうにはとても言えないのに。この人は私がいちばん彼を必要としていたときに私を捨てた。

レクシーはシーツを力いっぱい引っぱって体に巻きつけた。一糸まとわぬ姿という無防備な状態でいたくなかった。ニコのそばでもう一度そんな姿でいたくなかった。

彼女は顎を上げ、熱帯の海と同じ色の瞳でニコをにらみつけた。「いいえ、そういう男性だわ」声には喜びすらにじんでいた。二人が一つになったあとで、また彼と舌戦を繰り広げられることがうれしかった。「いちばん助けてほしかったときに、あなたは私を失望させたもの。私にはメルと彼女のご両親しかいなかった。一人ぼっちでつらい妊娠期間に耐えていたせいで、かなり早い時期から働くことはできなかった。支えを必要としていたのに、あなたはなにもしてくれなかったわ」

「君は僕に連絡をくれなかったじゃないか」ニコがあらためてはっきりと告げた。「必要な支えになるチャンスをくれなかったんだ！　僕は君が連絡を取ろうとしていたとは知らなかった」

レクシーは奥歯を噛みしめた。「その言い分は通用しないわ。私はあなたの会社に電話して、会う約束を取りつけようとした。いちばん近づけたのはあなたが最上階のエレベーターから降りてきたときだったけど、私は警備員に制止され、ロビーから外へ追い払われた。そのころはもうかなりおなかが大きかったのに、あなたの会社の人たちはなんの配慮もしてくれなかったわ」

「うちの警備員は妊婦を手荒く扱ったりしない」ニコが自信に満ちた口調で言った。

「ええ、乱暴ではなかったわ」レクシーは同意した。「彼らは礼儀正しく丁寧だった。たぶん、すごく気まずかったんだと思う。でもはっきりと私に言ったの、二度と会社に来てはいけないって。だから私はそうした。その日を境にあなたに会うために勇気を出すのをあきらめたのよ」

「なんだって？」怒った表情でニコがベッドから飛び起きた。目はぎらつき、顔は信じられないというようにこわばっていた。

「聞こえたでしょう」レクシーは口がからからだったけれど、黙るつもりはなかった。「やっと自分の気持ちに正直になれたわ。あのときの私は妊娠六カ月だった。ベッドでおとなしくしているつもりだったけど、最後にもう一度あなたに会おうとしたの。でも結果はご存じのとおりよ。だから、善人のふりをするのはやめて」

ニコが彼女をじっと見つめた。「こんなばかばかしい話は聞いたことがない」

「そうね」レクシーは冷静につぶやいた。「あなたは私に全部忘れてほしいんでしょう？　でもそうはいかないわ、ニコ。あなたは私の電話番号を着信拒否にし、手紙も無視した。今のあなたがどんなに誠実でやさしくても、取るに足りない存在のように、厄介な重荷のように扱われた経験はなかなか忘れられないのよ！」

ニコが自制心を保つためか、大きく息を吸った。それからボクサーパンツとズボンを拾ってすばやくはき、ブロンズ色の筋肉質の体をかがめてシャツに手を伸ばした。「違う。君もわかっているはずだ。君は僕に連絡しなかった。一度でも会社に来たのなら、報告があったはずだ」

彼の強い口調に黙りこんだものの、レクシーはぞんざいに肩をすくめた。

ニコが口を引き結んだ。「今夜は別の部屋で休む」声は鋭かった。「君がそういう気分でいるなら、口をききたくない」

「気分の問題じゃないわ。恨んでいるのよ、あなたを」レクシーは言った。声に謝罪がまじりそうで身震いしたけれど、自分の発言を撤回するつもりはなかった。「でも、たしかにあなたは別の部屋で眠ったほうがいいのかも。新婚夫婦が別々の部屋を使っていて、誰にも気づかれないかしら？」

「君が気にすることか？」ニコが激しい口調で言い返した。

上気していた顔から血の気が引き、レクシーは背筋を伸ばした。「花嫁らしい演技が下手でごめんなさい。でも私にもほかの人と同じで感情があるの。今夜はあなたの家に残してきた私の子供たちと一緒にいるわ」

「あの子たちは僕の子でもある！」ニコが大きく息を吐いてから唇を引き結んで顎に力を入れ、彼女をにらみつけた。「三十分後、裏口から車に乗るといい。そこまではメイドに案内させるから、朝まで子供たちのそばにいてくれ。ただし、明日の朝はとても早いから注意すること。僕たちは一週間、韓国へ飛ぶ。そこで仕事があるんだ」

矢継ぎ早にいろいろ言われたレクシーは、立ち去るニコを信じられないという顔で見送った。韓国へ飛ぶですって？　私の生まれた国、故郷とも言えるところへ？　どういうこと？

ニコは言うべきことをひと言も口にせず、彼女は怒りがおさまらなかった。私が妊娠中、ひどい態度をとったと認めてほしかったのに。でも、私はやっぱり世間知らずだったのかもしれない。いくら熱く求め合っても、私たちは本物の夫婦じゃない。これは便宜上の結婚であって、愛によって結ばれた結婚ではないのだ。なぜ彼はプライドをむき出しにするばかりで、過ちを犯したと――私が必要としたときに自分が無視したと認めないの？

正直にならなければ、二人の間にある苦い遺恨は取り除けないのに。ニコだっていつも完璧というわけにはいかない。せめて妊娠中の私にあんな仕打ちをした理由を知りたいと思うのが、間違っているとは思えない。

レクシーは床に落ちていたウエディングドレスのほかに着る服をさがし、顔をしかめて豪華な浴室のドアにかけてあったバスローブを羽織った。夜遅くに裏口からこっそり出ていくにはぴったりじゃないの。彼女はしょんぼりした気持ちで自分に言い聞かせた。

7

韓国への長い空の旅のためにプライベートジェットに乗りこんだとき、レクシーは眠くてたまらなかった。養育係《ナニー》たちの顔もゾンビのようだったが、三つ子は全員熟睡していた。

レクシーは結婚初夜をニコの父親が建てた大邸宅の金箔《きんぱく》が張られた四柱式ベッドでまんじりともせずに過ごし、それを夫のせいにした。夫と思うとまだ妙な気分になったけれど、ニコは今でも自らの過去の悪行を否定している。そんな彼とうまくやっていけるわけがない。どう考えても無理だ。しかし同時に、昨夜の自分にいらだちと自己嫌悪を抑えられずにいた。偽りの夫とはいえ、新婚初夜にあんなふうに言い争ったのは間違いだった。あれはどう考えてもタイミングも、内容も最悪だった。

昨夜の私はなにかに取りつかれでもしていたのかしら？

残念ながら、レクシーはなぜ喧嘩《けんか》を始めてしまったのかよくわかっていた。二人の関係は普通ではないのに、ニコがなんの問題もないという顔をしていたせいだ！　ふたたび体を重ねてから我に返った瞬間、彼女は打ちのめされた。たしかに私はニコに夢中になり、彼の魅力にまたもや屈服してしまった。捨てられて一人きりで三つ子を産んだあとで、また気軽な情事に積極的に応じたなんて信じられない。彼が望むのはそれだけなのに。法的に夫婦だとしても、私が身を滅ぼすような行動をとった事実は変わらない。

もう一度ニコの魅力の虜《とりこ》となってしまった自分に、レクシーは言い訳していた。どうしてまだ彼を魅力的だと思えるの？　それも許せない。プライドはどうしたの？　尊厳は？

目を細くし、機内の通路を挟んだ向こう側でノートパソコンに向かうニコを見た。先ほど一行は会議室をダイニングルームとして使い、みんなでにぎやかに朝食をとった。ブランド物のジーンズとシャツ姿のニコはその後、床にしゃがみこんで息子たちや娘と遊んだり、ナニーからリリーを受け取って食事を与えたりした。きっといい父親ぶりを見せつけたいのだ、とレクシーは思った。意地が悪いとは知りつつも、昨夜のあとではそう思うのを我慢できなかった。

どうしてもやむをえない場合は別として、レクシーはニコから無視されていた。それでも他人の目からは、私は彼の妻にしか見えない。ニコはその事実を私に思い知らせているのだ。でも私も、のちの離婚を考えて夫婦関係を完全に合法的なものにするために体を重ねただけだと自分に言い訳した。そうする以外、面目を保つ方法はなかった。ニコが自分の非を認めないのに、どうして私ばかりが正直にならなければならないの？

ニコの力強くて完璧な横顔や、きらめく褐色の瞳を見ただけでなにも考えられなくなると認めるわけにはいかない。ぴったりとしたジーンズをはいた姿が特に好きなのは、筋肉質で男らしい体が強調されるからだ。暇さえあれば私は昨夜、ニコが自分の中に入ってきたときにエロティックな喜びの波がどれほど勢いよく押し寄せてきたかを思い出している。今も思い出しただけで全身が熱くなって汗がにじみ、また彼が欲しくなっているありさまだ。けれど正気でいたいなら、秘密にしておかなくては。

着陸後、滑走路にはリムジンが数台待っていた。車は全員を乗せてソウルへの高速道路を疾走した。

「仕事があるからって、どうして私たちまで韓国に連れてきたの？」好奇心を抑えきれず、レクシーはつい尋ねた。

「もともとは観光旅行をするつもりだった。君がこの国で生まれ育ったなら、いろいろ再発見できて楽しいんじゃないかと考えたんだ」

「なんて思いやりがあるのかしら」レクシーはたどたどしく言い、質問した自分を蹴飛ばしたくなった。本当は違うのに、この人はいつも自分を気のいい誠実な男性に見せたがるのを忘れていた。

「その後、興味深いＩＴ企業を発見して、ますます韓国を訪れたくなったんだ」ニコが金色がかった褐色の瞳をちらりと彼女に向けた。「ここまで正直に説明する必要はないんだが、僕という人間をわかっていてほしかった。レクシー、僕は嘘《うそ》をつかない。これまでもこれからもだ。父は母にも僕にも友人にも社員にも、ことあるごとに嘘をついていた。そういう他人をだまして生きているやつは大嫌いなんだ」

ニコが話しおえたときには空気は張りつめていて、レクシーは唾をのみこむこともできなかった。彼のまなざしは冷静だが炎のような激しさがあって、あわてて目をそらした。なんと返せばいいのかわからず、顔が赤くなる。

初めて会ったあの夜から、ニコは私を大切な存在だと見せかけ、嘘をついていた。そのニコによると、彼は私からの手紙も電話ももらったことはなく、会社から追い払いもしなかったという。この人はその点について決して真実を話すつもりはないのだ、とレクシーは鬱々とした気分で悟った。

ニコはあらゆる大成功をおさめた億万長者だ。そんな人がどうして私のためにプライドを捨て、謙虚になると思ったの？　二度と会うことはないと思っていた厄介な妊婦を見て、十代のようにパニックに陥ってしまったと認めなくても無理はない。その妊婦は彼が望んでいなかった赤ん坊を身ごもっていたのだから。

ニコがパニックに陥らなかった可能性もある、とレクシーはさらに考えた。彼が私を遠ざけようとしたのには別の理由があったのかもしれない。もしそうなら、私はその理由を知る日がくるのかしら？

彼女は顔をこわばらせながら、無言で座席に座りつづけた。

官能的な口を引き結んでから、ニコが明るい声できいた。「韓国にいる間に会っておきたい友人はいないのかい？」

ニコはかろうじて怒りをこらえていた。ヨークシャーで一夜をともにしたあと、連絡を取ろうとしなかったことを認めようとしないレクシーにうんざりしていた。とはいえ僕も連絡する手段を失っていたし、僕からなんの音沙汰もなかったせいで彼女は最悪のシナリオを想像したのかもしれない。しかしもし妊娠期間がとても大変で苦しんでいたのなら、なぜ僕に助けを求めなかったのだろう？　出会ったときのレクシーは常識的で現実的な女性に見えていたが、僕の判断が間違っていたのか？

「会いに来るにはちょっと遅すぎたと思うわ。私がソウルを離れたのは十五歳のときだったの」彼女が顔をしかめた。「ここに親友はいない。父は私がほかの女の子と買い物に出かけることさえ許してくれなかったし、母は父に仕事上の会食があるときしか人を家に入れようとしなかった。だからかなり行動は制限されていて、学校へ行くか家で家事と勉強をするしかなかったの。私は数学があまり得意じゃなかったから家庭教師をつけられて勉強していたし、補習も受けたりして忙しかった。ソウルの学校は一日が長いのよ」

レクシーは大げさに話していたわけではなかった。父親は娘がどの科目でも優秀な成績でないと許さなかった。数学に関しては何度も何度もばかな娘だと言われていたせいで、今でも思い出すだけで冷や汗がとまらなくなる。けれどどんなに努力しても、父親の期待に応えられたことはなかった。

「でも公平を期すために言っておくと」弱音を吐いたと思われたくなかったので、レクシーはつけ加えた。「韓国では成績がいいのがあたりまえだから、子供たちは一生懸命勉強するよう言われるの」

「君には僕の通訳になってもらいたい」ニコは気が進まないながらも告げた。本心ではレクシーに頼りたくなかった。だが少なくとも、二人はまた話ができるようになった。今のほうが前よりはましだ。敵意を抱いたまま、レクシーと暮らしたいとは思わない。そんな感情を持っていても、三つ子にふさわしい父親になる役には立たないからだ。レクシーとの関係はすべてそのためにある、と彼は固く自分に誓った。新婚初夜の情熱的なひとときは完全な過ちだった。プラトニックな結婚にするはずだったのに、僕たちはだいなしにしてしまったのだ。

暗い空は首都ソウルに近づくにつれて明るくなっていった。山に囲まれたこの街は利用できる土地が限られているため、多くの高層ビルが立ち並んでいる。ネオンの広告やまばゆい光がそこかしこにあふれ、店がひしめき合う通りは人でごった返している。しかしなによりも強く感じたのは、眠らないアジアの都市の喧噪《けんそう》だった。

「私たちはどこに滞在するの？」江南《カンナム》地区の高級住宅街にいるのに気づいて、レクシーが急にきいた。

ここはもっとも裕福な人々が暮らす地区だった。

「僕たち全員が滞在できる一軒家を借りた」ニコは形のいい唇に愉快そうな笑みを浮かべて答えた。「それと、家事をしてもらう住みこみのスタッフも雇った。ホテルではないが、君にはじゅうぶん楽をしてもらえると思うよ」

レクシーは硬直した。「私、楽をしたいなんて言ってないわ」

「君が長い間、その日暮らしをしてきたのはわかっている。何事においても子供たちを最優先にしてくれたことに感謝しているからこそ、僕は君がこれまでなにを犠牲にしてきたのか知らなくてはならないんだ」

「いったいどうしてそんな心境になったの？」レクシーが激しい口調で問いつめたかと思うと、次の瞬間わかったという顔になった。結婚式でニコが自分の親友と話していたのを思い出したのだろう。「メルから聞いたのね？」

「おそらく、僕を恥じ入らせたかったんだろうな。だが君の居場所も知らないのに、どうして僕が助けに行けたと彼女が信じているのか謎だったよ」

「話がまた振り出しに戻ってしまったわね」レクシーがいらだたしげに言った。「あなたは私の電話番号を知っていた——」

「なくしてしまったんだ。なぜかはわからない」ニコは両手を上げた。レクシーは使い古された言い訳だと言いたいのか、あきれた顔をしている。「だがよくあることだ。本当に心から残念だとは思っているが、君の姓も、勤めていた会社の名前も、君を特定できるような情報も、僕は知らなかった」

レクシーはニコの無駄な肉のない日焼けした魅力的な顔から目をそらした。よく考えてみると、彼に自分のフルネームやそのほかの情報を教えた覚えはなかった。二人ともそういうことは知ろうとしなかった。彼女自身はニコの姓を尋ねていたし、彼に社会的地位があったおかげで会社も特定できた。

褐色の瞳が急に真剣になった。「一年半前、僕は君にもう一度会うつもりでいた」

レクシーはニコの言い訳を信じたかった。恋をしたすべての女性がするように、彼女も初めて会った日からニコを信じ、何日も何週間も連絡を待ちつづけた。それなら今また彼を信じようとするなんて、愚かとしか思えない。いいえ、そうするふりをしたほうが、二人の関係はうまくいくのかしら？

「あなたの言葉を信じてみるわ」レクシーは重いため息をつき、どちらが嘘をついているかという二人の間の果てしない争いから身を引いた。まあ、嘘をついているのが自分でないのはよくわかっているけれど！　とはいえ、彼女は結婚した男性と毎日敵意をむき出しにしたやり取りをしたくなかった。子供たちが豊かに安全に暮らせるためよ、と必死に自分に言い聞かせる。ニコは頭に銃を突きつけられても本当のことを言いそうになく、それほど頑固な男性と結婚したのは間違いだったのかもしれないと思った。

でも、ニコと結婚する以外の選択肢はなかった。私には家もなければ仕事もお金もない。以前は子供たちに余裕のある暮らしをさせてやれなかった。エズラやイーサンやリリーを連れてあんな生活には戻れない。実際にはそれほど簡単ではなかったのに、ニコが結婚を提案してくれたときはどうしてあんなに簡単そうに思えたのかしら？

リムジンが道路を離れて脇道に入り、巨大で超現代的な家の前でとまった。「ここに滞在するの？」レクシーは息をのみ、とがった黒い屋根と曲線を描く壁に目をみはった。

「そうだ」

突然、ニコがレクシーの側のドアを開けようとしていた運転手を手を振って追い払った。

「中に入る前に、君には同意してもらいたいことがある」

「同意って……なにに？」彼女は心配になって眉をひそめた。

「わかっていると思うが、僕たちが子供たちを一緒に育てるためには過去を捨てなければならない」ニコが重々しく切り出した。「この結婚を必要以上にむずかしくして、子供たちを険悪な空気にさらすようなまねは避けないか？　子供たちのために僕たちは一緒にいる間、心から幸せでいるふりをしなければ。子供たちとの新しい関係が、僕たちの問題で毒されてしまうのは避けたい」

レクシーは頬をピンクに染めた。「いい考えだと思うわ。でも――」

「この韓国への旅は休暇だと、僕のことは友人だと思ってほしい。僕も精いっぱいそう思うよう努力する」真摯なまなざしがレクシーをとらえ、かすかなコロンと男らしい香りが彼女の鼻孔をくすぐった。その香りが大好きなので落ち着いていられなかった。ニコのそばにいると、私はまともにものを考えられなくなる。彼を友人と思っていたら、こんなふうにはならないはずだ。

「わかったわ」それでもレクシーはうなずいた。彼女の言い分を否定したあとですべてを引っくり返し、一時的にとはいえ休戦を提案してきたニコに驚いていた。

休戦を受け入れたことで、私はニコの術中にはまってしまったのかしら？　それとも二人の間の亀裂を取りつくろいたかったの？　けれど彼の言うとおり、家や生活を同じくし子供たちを協力して育てるなら、それなりの歩み寄りが必要だ。でも現時点ではそれができているとはとても言えない。どうしてニコはこんなに分別があるのに、一年半前の私が連絡を取らずに嘘をついたと思っているの？　その疑問も今のところは胸に秘めておいたほうが賢明という気がする。彼が思いついた解決策を、我を張ってはねつけるのはやめよう。三つ子の幸せを考えなくては。

そんなことを思っていたとき、レクシーはニコが家の中に入ろうとするのに気づいて、とっさに彼の肘をつかんで引きとめた。「靴を脱いで」どうしたのかと振り向いたニコに、彼女はささやいた。「室内で靴をはくのは、韓国では大変なマナー違反なの」

「忘れていたよ」彼がかがんで靴を脱ぎ、レクシーのまねをして玄関にある靴棚にのせた。

ニコが素直に従ったのでほっとしたレクシーは家の中を進んでいき、家政婦らしき女性に話しかけてニコを紹介した。「ニコ、こちらはカン・ジレよ」そして彼女は笑った。「彼女は私たちよりも子供たちに会うのを楽しみにしているみたい。この国では三つ子を願う人が多くて、それほどめずらしくないの」

「君がここにいてくれてとても助かるよ」ニコが言った。

ナニーの一人がリリーを抱いてやってきて、娘が初めて父親に手を差し出すと、レクシーはまた笑った。その仕草を喜んでニコが満面に笑みを浮かべ、リリーを抱き取る。レクシーがイーサンを抱いたら、エズラが泣き出した。おもちゃとお菓子を使って赤ん坊たちを落ち着かせるまでには、しばらく時間がかかった。旅行で一日の日課が全部くるってしまったにしては、三つ子は信じられないほど機嫌がよかった。

「機内にいる間、この子たちはずいぶんいい子にしていたな」

「プライベートジェットだから、ほとんど座席に縛りつけられずにすんだおかげでしょうね。すごく幸運だったわ」

「幸運なのはこの子たちがいることだよ」エズラのためにブロックを積み直しながら、ニコが言った。「三つ子はみんな幸せそうだ。君は一人でこの子たちを育てていたんだから、本当に大変だっただろうな」

レクシーは驚き、引き結んでいた唇に笑みを浮かべた。「ありがとう」

ニコが手を伸ばし、レクシーの握り拳に触れた。

「肩の力を抜いて、僕のいとしい人《クリッソ・ムー》」

さりげなく触れられただけでうずくような感覚が体に広がり、彼女はそっと手を引っこめた。しばらくたって、三つ子が落ち着きを取り戻して満足そうなのを確認してきいた。

「それで、私たちはどこで眠るの？」

「残念だが思っていたほどうまくはいかなかった」ニコがぼそりとつぶやいた。レクシーが子供たちの世話に夢中になっている間に、家の中を見てまわってなにかに気づいたようだ。彼の高い頬骨のあたりは紅潮し、目は夜のように陰りをおびていた。

「どういう意味？」ニコが少し恥じ入っているのに気づいて、彼女は問いかけた。

「僕たち二人が別々に寝られるだけの部屋数があると思っていたんだが、どうやらそうではなさそうなんだ」ニコが重々しく息を吐いた。「この子供部屋は、本当は君に使ってもらおうと思っていた部屋だった。あのドアの先が主寝室で、僕たちはそこで一緒に寝起きすることになる」

「なんとかなるわ」レクシーは不承不承ながら言った。ニコと同じ部屋で寝るのは避けたかったのに。

「ベッドが大きいといいんだけど」

ベッドは巨大だった。ニコみたいに堂々とした体《たい》躯《く》の男性と一緒に使うとしても、あれだけ大きければ彼にぶつかるとは思えない。レクシーはほっとした。ニコは言葉でも行動でも私を引きつけることはなに一つしていないのに、その魅力ははっきりと伝わってくる。人生にはいいこともあれば悪いこともあるものだわ、とレクシーは自分に言い聞かせた。私はニコと一緒に生活する方法を学ばなければならない。恋愛感情のない友人として接すると言うのは簡単でも、相手が激しく惹《ひ》かれている人では現実にはとてもむずかしい。その惹かれつづけている理由は説明できなかった。ニコが犯した罪をどんなに思い出しても、今は現実感がなかった。

「夕食は九時なんですって。家政婦は、私たちがいつ食事をしたいかわからなかったらしいわ。もっと早い時間に食べるのがこの国では普通なんだけど」

「どうやら君は貴重な人材のようだ」ニコがスーツのジャケットを脱いだ。「明日の会議にはどんな服装で行けばいい？」

「もし持ってきているなら、黒のスーツがいいわ。フォーマルさを強調するために」上質な生地の下で動く夫の腕の筋肉を見て、レクシーは少しうわずった声で答えた。目が彼の引きしまった腰からヒップ、長い脚に吸いよせられる。

二人は別々の浴室に向かった。主寝室は一つしかないが、かなり広かった。レクシーの服はすでに専用の衣装室に吊《つ》るされていたので、彼女はさりげなくきちんとして見えるミニ丈の淡い青のワンピースを選んだ。

ニコは二人の結婚生活をうまく進めていくために、友人のように接するという誓約を自分に課していた。彼が主寝室を出ようとしたとき、レクシーが浴室から現れた。ほっそりとしなやかな彼女は森の妖精みたいだった。メイクもほとんどせず、髪にブラシをかけただけであれほど愛らしく女らしく見えるとは。視線をそらして、ニコは夕食をとりに階下へ向かった。

食事中は二人とも疲れと時差ぼけから、礼儀正しい会話しか交わさなかった。レクシーは少し料理をつついたあと、先に席を立った。長い時間移動してきて食べるには量が多すぎた。そして結婚前にニコに買ってもらった膨大な数の服の中からシルクのパジャマを着て巨大なベッドに横たわり、頭をやわらかな枕にあずけた。

そのとき、ベッド脇の明かりがふたたび灯《とも》った。レクシーはまぶたを閉じ、ニコが近づいてきても反応するまいとした。自分を肉体的にも精神的にも大人の女と思っていたから、夫となった男性と寝室を共有するしないについて騒ぐつもりはなかった。ニコが体重をかけるとベッドが揺れ、明かりが消える。彼はレクシーを気にかけて、音一つたてなかった。けれど、彼女はかえって神経を逆撫《さかな》でされていた。

「疲れているの？」気づくとレクシーはそう尋ねていた。たとえ離れて横になっていても、同じベッドにいるニコの存在に耐えられなかった。ニコはレクシーが三つ子のために結婚した男性であり、深く考えずに体を重ねた男性だった。だからこそ彼女は夫を許せなかった。昨日の新婚初夜は夢のようにすばらしかったのに、喧嘩で終わってしまったからだ。

「それほどでも。機内で少し眠ったからね」ニコが答えた。

まあ、すごい。プライベートジェットで世界を飛びまわるのに慣れているのね、とレクシーは意地悪く思った。「三つ子の世話をしないでいいって最高でしょう?」

「君も三つ子の世話ばかりしていたわけじゃないだろう」ニコが指摘した。その言葉を聞くなり、彼女は起きあがって月明かりに照らされた彼を見おろした。「ナニーを三人雇っているんだから」

「今すぐあなたの頬を引っぱたきたいわ」レクシーは震えながら言った。

ニコがゆっくりと優雅に、流れるような動きで起きあがり、彼女はいっそう奥歯を強く噛《か》みしめた。上掛けが彼の引きしまった腰まで落ち、胸の固い筋肉がところどころ影になっている。その盛りあがりやくぼみの一つ一つがとてつもなくセクシーだ。

「君の気持ちはわかるが、なぜなのかがわからない」ニコが淡々とした口調で告げた。

「わからないの?」レクシーは怒りに震え、拳を作ってうわずった声を出した。「ゆうべ、あなたは私とベッドをともにしたじゃない――」

「忘れるつもりはない」

「またこうするのを夢見ていたって、私が信じられないほどセクシーだって言ったでしょう!」激しい口調で続けた。

「全部本心だった」ニコが暗い声で言い、彼女はますます腹をたてた。「変わらないことが一つある……君がなにを言おうがなにをしようが、僕は君が欲しい」

「よくもそんなことを!」レクシーは声をあげ、頭の中で彼の罪を並べあげて怒りをかきたてた。

「ずっとそう思っているんだ」ニコが言い返し、手を伸ばして彼女の頬にかかった髪を小さな耳の後ろにかけた。

薄手のキャミソールの下で胸の先がずきずきとうずき、あらわになっている腕に鳥肌が立って、下腹部がまたしてもざわめきはじめた。自分に弱い部分があるからニコに影響されてしまうのだと思うと、レクシーの中でいらだちが再燃した。

「君が動かないから僕が動いたまでだ」彼が低い声でつぶやいた。

レクシーは夫を平手打ちするか、キスをするかのどちらかしかない状況に追いこまれていた。ずっとあとになっても、なぜ身を乗り出してニコの大きくて官能的な、しかし絶対に腹立たしい唇を求めたのかは理解できなかった。それでも彼女はそうせずにいられなかった。温かな唇が重なり合うと、彼がレクシーの肘に手をかけて引きよせ、彼女は素直にキスに身を任せた。怒りはまったく別のものに変わっていて、圧倒的な欲望の前では本当にどうでもよくなった。

ニコはキスの達人だった。唇を重ねるたびに、レクシーは前回よりもすばらしいと思った。そして彼を拒絶する言い訳を考えるのをやめた。まだ十数時間しかたっていないのに、何カ月も離れ離れだったというようにもう一度ニコと一つになりたいと全身で望んでいた。

ニコの舌がレクシーの口の中をさぐって舌にからみつくと、彼女は両手で彼の顔をとらえた。ニコが両腕をレクシーにまわし、彼女の胸が広い胸板に押しつけられるまで抱きよせる。

それから情熱に駆られた表情でレクシーを押してベッドに仰向けにさせ、見事な褐色の瞳を輝かせながら彼女を見おろした。「これが君の望むことなのか、確かめさせてほしい」

突然レクシーは我に返った。またニコとこれほど親密になるのは、プライドと尊厳に対する大きな裏切りだと感じていた。

「私の望みとは違うわ」レクシーはためらいもせずに嘘をついた。

体はレース直前のレーシングカーのエンジンのようにうなりをあげ、脈打っていた。今はなにも考えたくなかった。私の望むことなのか確かめさせてほしいと言うことで、ニコはやんわりと私を拒絶したのかもしれない。いやな人。石があったらぶつけてやりたいくらいだ。

しかしいくら心の中をさぐってもそんなことをしたいと思わず、レクシーはとまどった。ニコをひどい目にあわせるなんて耐えられなかった。それはなぜ？　答えを考えているうちに、疲れきっていた彼女は眠りに落ちていった。

8

長い商談を終えたとき、ニコは妻を見直していた。会議中のレクシーはプロの通訳として申し分なかった。一度か二度は彼に専門用語について説明を求めたものの、自信に満ちた姿には目を奪われた。

エレベーターに乗ったニコは彼女のほうを向いた。

「最後に商談相手となにを話していたんだい？　彼はとてもうれしそうだったが」

「今日の午後、奉恩寺《ポンウンサ》を訪問すると話したら、あなたが韓国の文化に関心を持っているのを喜んでくれたの」彼女が明るい声で説明した。

「本当に行くつもりなのか？」ニコは眉根を寄せて尋ねた。

「もちろんよ」レクシーがニコを見つめた。美しい顔は真剣だ。「次の商談で相手に感想をきかれるかもしれないから、行かないわけにはいかないわ。昔、学校の遠足で何度か行ったことがあるけど、街の中心なのに落ち着いた雰囲気があってすてきな場所なの」

「この旅行は僕たちのハネムーンなんだぞ」

レクシーの頬がピンクになった。「それは個人的なことだから相手には言えないけど、あのIT企業の会長は気づいていたんじゃないかしら。彼は会社に人生を捧《ささ》げてきた。でも跡を継いでもらいたい家族はいないから、優秀な起業家に売りたいと考えている。それなら、子供のいる家庭的な男性というイメージは役に立つわ」

ニコはうなずき、レクシーのすぐれた洞察力に感謝した。そんな女性がなぜ一年半前、ああいう嘘《うそ》をついたのだろう？　彼はまだ考えこんでいた。

二人は昼食のために江南《カンナム》の家に戻り、子供たちと過ごしたあとでソウル市内にある仏教寺院に向かった。ポンウンサはガラス張りの高層ビルがそびえ立つ街の中心にありながら、大きな古木が立ち並ぶ丘の中腹に完璧な状態で保存されていた。

「子供たちも連れてきたかったんだけど、ここは階段が多いからベビーカーではむずかしくて……」レクシーが少し後ろめたそうに説明した。

「カンナムの家には広い庭があるから、三つ子たちも楽しんでいるんじゃないかな」ニコは妻を見つめた。シルクのような髪は日光を浴びて金色に輝き、瞳は澄んでいた。彼が肩に手をかけて顔を近づけると、レクシーが緊張するのを感じた。

次の瞬間、レクシーは身をよじってニコから離れた。ちょうど年配の僧侶が木の杖《つえ》をつきながら階段を下りてきて、眉をひそめつつ二人の横を通り過ぎていった。「ごめんなさい」彼女は謝った。実際にはキスをしていなかったけれど、唇はうずいていた。ニコの目を見れば、はっきりとそうするつもりでいたのがわかった。

背筋を伸ばしたニコの力強い顎はあからさまにこわばっていて、レクシーはうろたえつつ彼の手に手を重ねた。

「敬意を表したの。ここは神聖な場所だから、あまり失礼な態度はとらないほうがいいと思って……」レクシーは申し訳なさそうに言ったものの、わざわざ説明する必要はない気がした。さっきは見間違いをしただけで、ニコが私にキスなんてするわけがない！　昨夜ベッドで彼にキスをしたことを思い出すとひどく動揺し、顔が火のように熱くなった。

ニコがわかったという顔でほほえんでから、レクシーをちらりと見た。「大丈夫だ、僕のかわいい人《グリキア・ムー》。君は赤信号と同じくらい真っ赤になっているが、茂みに引きずりこんだりはしないよ。だがあと二、三日もしたら、どうなるかわからないぞ」彼がからかった。

レクシーはニコから手を離そうとしたけれど、彼がしっかり握っていたので見苦しく争ってまで無理やり振りほどくのはあきらめた。ニコは女性からあれこれ指図されるのを好まないらしい。それが自分の妻ならなおさらいやなのだろう。少々ひねくれているけれど、気持ちは理解できる。

結局のところ、ニコは結婚によってなにを得たのだろう？　答えはエズラとイーサンとリリーにいつでも会える権利と、三つ子に対する法的な権利だ。弁護士であるメルからは、結婚する前にその事実をよくわかっているか確認された。それでも、ニコは私が手放す以上のものを手放さなければならなかった。誰にもなににも束縛されない完全な自由を謳歌《おうか》していたのに、私と結婚するためにそれを放棄したのだから。

一方、私はその日暮らしから脱出し、世話のやける三人の赤ん坊たちを育てる日々の苦労から逃れられた。要するに結婚前、私に失う自由なんてなかったのだ。では、決して手を出せない妻とベッドにいなければならないニコは今、どんな気持ちなの？　彼は欲望の赴くままにいつでもどこでも女性を求めてきたはずだ。急に禁欲を強いられて窮屈な気持ちでいるに違いない。

「質問があるんだ」寺院の急な階段をゆっくりとのぼりながら、ニコが小声で言った。

「なにを知りたいの？」寺院に到着したレクシーは靴を脱いで中へ入った。

「なぜ新婚初夜に僕と寝た？」彼がなんでもないことのように尋ねた。

出迎えてくれた僧侶にお辞儀をしながら、レクシーはたじろいだ。奥歯を噛《か》みしめ、みじめな気分で顔を赤くする。そういう質問は二人きりのときにしてほしかった。

しかし、ニコの性格ではとてもそれまで待てなかったのだろう。商談のときもゆっくりと慎重な話し方をするIT企業の年配の会長とやり取りしつつ、韓国で求められる年長者への敬意を示すのはひと苦労だったはずだ。今、彼は思いついた質問を衝動的に口にしたにすぎない。

身も蓋もないきき方をされたレクシーはその場に立ちつくしたものの、ニコの言葉を無視した。寺院の中ではシンバルに似た音や小さな鐘の音が鳴り響き、穏やかな声による読経が始まっていた。彼女は衝撃を抑えつけ、後ろにある空間をゆっくり行ったり来たりするニコを眺めた。

胸の中では怒りが燃えていた。この人はききたいときにきき、話したいときに話す。昨夜も私が説明したのに、聞く耳を持ってくれなかった。そしてなにをしようと関係なく、なぜか必ず私が悪いと責める。レクシーは歯を食いしばって顎を上げ、普段は穏やかな表情をいらだちでこわばらせた。

ニコと車に戻るときも、彼女は無言だった。

「僕に言うことはないのか……一つも？」ニコが軽蔑した口調で尋ねた。

レクシーはふつふつと煮えたぎる憤りを抑えきれなかった。ひっそりとした曲がり道を歩きながら、息を吐き出した。「私があなたと体を重ねたのは、ベッドをともにしない婚姻関係は状況によっては無効とされる場合があるからよ。あなたと離婚するときを考えてリスクを冒したくなかったの。これで満足？　お金めあての妻らしいでしょう」

反抗的な目を向けると、ニコの日焼けした端整な顔が凍りつき、色を失っていた。そのとたん自己嫌悪と後悔がこみあげてきて、レクシーは彼と緊迫した沈黙の中を歩きつづけた。大人として理性的に休戦状態を維持するべきときに、なんてことを言ってしまったの！　なぜニコの前にいると情緒不安定な十代みたいになってばかりなのかしら？　かっとなることなんてめったにないのに、彼は私のそういう一面を引き出しつづける。それがいやでたまらない！　心にもないことを口にしてずるく強欲なふりをしたのは、自分のプライドを守るためだった。言いなりになる女だとニコに思われるくらいなら、お金めあてと信じてもらうほうがましだった。

「君の親友の弁護士が、少なくとも一度は僕と寝なければならないと言ったのか？」

「いいえ、メルはなにも言わなかったわ。一、二年前にどこかでそういう文章を読んだの」レクシーは疲れた顔で認め、とりあえず真実を話せてほっとした。「今も法律上そうする必要があるのかどうかは知らないけど」

彼女は縁石の横に静かにとまった高級車に乗りこみ、後部座席のいちばん端に身を寄せた。怒りはわきあがったときと同じくらいあっという間にかき消えていて、ゆっくりと息を吐く。

レクシーはしぶしぶ口を開いた。「さっきの言葉は嘘なの。あなたに腹がたったから思ってもいないことを口走っただけ。間違っていたわ。私たちはこの結婚がうまくいくよう努力していたのに」

まったく予想もしていなかったことを言われて、ニコは唖然《あぜん》とした。レクシーの誠意と正直さにも驚いていた。目を凝らして、妻の紅潮した不機嫌そうな横顔を見つめる。「嘘をついていたと認めるのか?」

「どうして私が認めないと思っているの? 離婚するときを考えてリスクを冒したくなかったと言ったのは、本心からじゃなく、あなたを傷つけたかったからだった。私があなたと体を重ねたのは、あなたが欲しかったから。それ以外の理由はないわ」

「君はまだ僕を求めているのか?」

「もう言ったでしょう?」レクシーは恥ずかしさに耐えきれずに声をあげた。

「ゆうべ突き放したのは、君が僕になにを求めているのかわからなかったからだった」ニコが告白した。その率直な言葉に、彼女は困惑した。「それに、また君との関係をだいなしにする危険を冒したくなかったんだ」

「まあ……」レクシーはきまり悪くて全身が熱くなった。たぶん、夫婦の夜の営みについて話すのに慣れていないせいだろう。なのに、仏教寺院という神聖な場所でも平気でそういう話をする男性の妻になってしまったのだ。

一瞬頭がくらくらし、ニコは小さくギリシア語で悪態をついた。レクシーはまだ僕を求めていた。そのことがうれしくてたまらない。なぜなら彼女を見るたびに、体は熱くなっていたからだ。少なくとも一時間に六十回は妻を見てセックスのことを考えていた気がする。これまで僕の中にそんな欲望をかきたてた女性はいなかった。レクシーとの関係はいびつで耐えられると思えない。この執着に似た飢えが消えてなくなるといいのに。

だが、彼女をさがしていたときのほうが耐えられなかった、とニコは思い出した。だから離婚する前に、欲望を残らず解消しておかなくてはならないのだ。もちろん、まだ離婚すると決まったわけではない。それは二人が決めることで、これから先の結婚生活がどうなるかは誰にもわからない。

ニコとの不穏なくらい親密な会話が頭から離れず、レクシーは文字どおり震えあがっていた。彼と一緒に家に戻ったあとは、子供部屋で三つ子と過ごした。エズラはニコが大好きで、まっすぐ彼のところまで這《は》っていき、父親の手をつかんでは立ちあがるのを何度も繰り返した。まるで必死に二本の足で歩きたがっているみたいだった。イーサンはもっと慎重に、警戒しながら父親の手をつかんで、それから元気いっぱいに体を揺らし、赤ん坊らしい甘い声で笑った。母親に似て性格が穏やかなリリーはレクシーに近づいてきて、眠そうな顔で膝によじのぼった。リリーは兄たちよりも疲れやすい子だった。レクシーはあふれんばかりの愛情をこめて娘を抱きしめた。

「夕食は六時半からよ。昨日より早い時間に食べてもかまわないって家政婦に言っておいたの」彼女はやさしくニコに言った。「あなたには相談しなかったけど――」

「いや、それでいい。今日は長い一日だったから」

ニコがそう言ってネクタイをゆるめ、シャツのいちばん上のボタンをはずした。無精ひげの生えたがっしりした顎に力がこもっているので、彼の彫りの深い完璧な顔立ちが際立っている。高い頬骨や黒檀《こくたん》と同じ色をしたまっすぐな眉、貴族的な鼻、大きくて形のいい口も同様だった。

レクシーは思った。この耐えがたいほどの切望や、どこからともなくわきあがってきて消えようとしない飢えを、私はどうしたらいいの？　ニコは暑すぎる日に飲む冷たい飲み物みたいにおいしそうに見える。主寝室に入るなり、彼女は大きく唾をのみこんで夫に背を向け、衣装室に駆けこんだ。そして細身のピンクのワンピースを選んで着替えた。ニコの前で着替えて、よけいなメッセージは送りたくなかった。

主寝室に戻ったレクシーは、ニコが自分のように葛藤していないのに気づいた。ブロンズ色の筋肉質な体を見せつけながら着替えている彼を目にし、そのまま部屋を出て階下で夫を待つ。私はどうやって切望や飢えを抑えつけたの？　たしかに、ニコをもの欲しそうに眺めるのは間違っている……でも、どうして結婚した相手を欲しいと思ってはいけないの？　男性は自分の妻が服を脱いでいるのを見ても、目をそらしたりしないでしょう？

夕食は韓国料理だった。テーブルの上にはたくさんの料理がずらりと並べられていて、レクシーはニコのために一つ一つ説明した。甘い醤油《しょうゆ》につけこんで焼く薄切りの牛肉はプルコギで、サンチュはその焼いた肉を包むための葉、サムゲタンは高麗人参《こうらいにんじん》入りのチキンスープで、キンパは香ばしい具と米を海苔《のり》で巻いたものだと。ほかにも魚や白米や麺があった。キムチという野菜の漬物は必ず料理についてくるのだ、とも説明した。そしていつか屋台に行って食事をしましょうと彼に提案し、週の後半にＩＴ企業の会長と有名レストランで外食するときに気をつけることも伝えた。

デザートに出てきたクッキーを食べおわったとき、ニコが立ちあがってレクシーの手を握った。「ベッドへ行こう」口調はのんびりしていた。

休むにはとても早い時間だったので、レクシーは顔を赤くした。「でもまだ——」

「この旅行は僕たちのハネムーンなんだぞ」ニコがさらりと言った。

夫に押されるようにして二階に上がると、レクシーは不安を捨てた。ニコは妻を求め、彼女も夫を求めていた。そのつながりをもっと突きつめない理由はない。彼は主寝室に着くずっと前からレクシーにキスをしており、彼女も素肌に触れたい一心で夫のシャツの前身頃をつかんでいた。

「あなたは服を着すぎているわ」レクシーは言った。

「君もだ」ニコが主寝室のドアを閉め、ジャケットとネクタイとシャツを急いで脱ぎ捨てた。その切羽つまったようすに彼女は興奮した。

「こんなことはしないほうが……」声に力はなかった。

ニコがレクシーを後ろに向け、ファスナーを下ろすと、ワンピースが彼女の足元に落ちた。「いや、するんだ」

レクシーが靴を脱ぐ間に、ニコが自分の服をすべて取り去った。彼の引きしまった筋肉質な体から目が離せなくなり、下腹部の奥にある熱いうずきが強くなる。彼女は意を決し、背後に手をやってブラをはずすと、腰をくねらせてショーツを脱いだ。そんなことをしながらも、ニコが与えてくれた新しい自信に感嘆していた。でも、男性が女神を見るような目で自分を見てくれたらそうなるのもあたりまえだ。そんな無言の称賛を拒むのはむずかしい。

ニコがレクシーと一緒にベッドに横たわると、興奮したようすで性急に手を伸ばしてきた。唇が重なり、舌が官能的にからみ合ううち、彼女は我を忘れ、心臓は激しく打ち、息もうまくできなくなった。

「君を欲しいと思うほど、ほかの誰かを欲したことはない」ニコがうなり声をあげ、レクシーの手足をベッドの上で広げさせた。長い指が彼女のなだらかな曲線を描くほっそりとした体を下りていき、じらしたりさぐったりを繰り返す。レクシーは背を弓なりし、あえぎ声をもらした。「ここまで本当に待ちきれなかった」

ニコのその言葉を聞いて、レクシーは自分を世界一美しいと思えた。とてつもない魅力を持つニコを初めて目にしたときから、彼女にとって彼は理想の男性だった。レクシーは豊かな黒髪に指をくぐらせ、ニコが硬くなったラズベリーピンクの胸の先をむさぼるとうめき声をあげた。彼がもっとも敏感な場所をなぞり、そこに集中しはじめると声がさらに大きくなる。最初の至福は轟音《ごうおん》をたてて丘を駆けおりてくる列車のように襲いかかってきた。しばらくしてニコはレクシーをかかえあげ、深くゆっくりと身を沈めた。

「ああ……」ニコの体を歓迎して、レクシーはため息をついた。小さな震えが何度も背筋を駆け抜けるのがどうしようもなく心地よかった。

レクシーが腰を浮かせると、ニコが快感のうなり声とともに動く速度を上げた。その瞬間、彼女の中から自制心は消え去った。興奮はありとあらゆる分別じみた考えを打ち砕いていた。高揚感が堰《せき》を切ったようにあふれて五感を支配し、喜びに震える体に広がっていく。体を離したニコがレクシーに背を向けさせて腰をつかみ、新しい体勢でふたたび一つになったとき、彼女はますます高く舞いあがった。直後、爆発に等しい二度目の至福が訪れた。彼がいっそう強く動きつづけると、快感が増していく。レクシーは枕に向かって悲鳴をあげながら、もう一度達し、ぐったりと身を投げ出した。もはや二度と動ける気がしなかった。

「今のって……」彼女は口を開いた。

「すごかったな。君は速くて激しいほうが好みなのか。僕と同じだ」

レクシーは枕に顔をうずめ、眉をひそめてからニコのほうを向いた。「その言葉に返事を求めないでね」気まずそうにつぶやいた。「私にとっては初めて経験することばかりで、気楽に話す気分にはなれないの」

「今も？」彼が尋ねた。

「だって、ほかの誰ともこんなことはしていないんだもの」彼女はいらだたしげに答えた。

ニコはレクシーを引きよせ、くしゃくしゃになったシーツを彼女にかけて自分にもたれさせた。レクシーがあまりにベッドですばらしかったので満足しきっていた。そういう女性が僕の妻なのだ、と彼はふと思った。二人の関係は一年か、もしかしたらもっと長い間続くかもしれない。それなら、一緒にいる時間を楽しまない理由はない。限られた結婚期間の中で休戦しているときは。

しかし、ある考えがニコの頭をよぎった。離婚すれば、レクシーや子供たちは僕とは別々に暮らすことになる。アンゲリキが口にしたフランスの城とかで。結婚式の日、異母妹は嫉妬深い恋人のような態度だった。前にアンゲリキが僕を誘惑しなければ、自分たちは父親が同じだとすぐに打ち明けられたのに。二人に血のつながりがあると伝えれば、アンゲリキも僕をあきらめるだろう。これ以上僕に干渉するのをやめさせるために、親友の彼女には真実を伝えよう。

ニコは、レクシーがフランスの城で暮らす姿を思い浮かべた。彼女が独り身でいる時間はそれほど長くはないだろう。その現実が身にしみるにつれ、不安がつのっていった。レクシーがほかの男と一緒にいるのを想像するとぞっとする。それどころか気分さえ悪くなった。三つ子が家を出ていき、継父が現れる未来にもうんざりした。気持ちが焦り、彼は大きく息を吐いた。今はそんなことを考える必要はない。おそらく数カ月もすれば心変わりをしているんじゃないか？

嘘つきな妻にこれ以上振りまわされるつもりはないだろう？　まともな男ならそんなことはしないはずだ。

「起きたほうがいいわね。まだ夜の八時半だし」レクシーが残念そうに言った。

ニコは両腕を彼女にまわし、なにも考えずに抱きしめた。「いや、君にはまだすることがある」

「そうなの？」彼を見るレクシーは目を見開いている。

「そうだ。僕たちはベッドにいるこのチャンスを活用しないと」ニコは彼女をベッドに横たえると、腫れた妻の唇をふたたび自らの唇でふさいだ。

9

ニコはため息をこらえて、本意ではないものの眠っている妻から離れようとした。楽しいハネムーンは終わり、仕事に戻らなければならなかった。この二十九年間で初めて、彼は怠けていた。韓国で一週間、ファロス島に二週間滞在したあとは、亡き父親の華美で巨大な大邸宅で過ごしていた。

二人は観光に行ってから、日差しがまぶしい海辺で体を重ねた。レクシーの細い腿を大判のタオルでおおったのは、太陽の位置が動いても日焼けしないためだ。それから立ちあがって、頭上のパラソルを調節し、彼女が日陰にいられるようにした。大きな寝椅子のまわりの砂はすっかり掘り返され、近くにはいくつものバケツやスコップ、それにニコが久しぶりに作ってみた砂の城があった。これらはさっきまで三つ子がいた証拠だった。三人は疲れて泣き出し、昼寝をするために養育係《ナニー》たちと大邸宅へ戻っていた。

レクシーのブロンドの髪はもつれていたけれど、表情は穏やかで、ほっそりとした小さな体もリラックスしていた。その姿に胸が締めつけられたニコは大きく息を吐くと、一日妻と離れているのはいいことだと自分に言い聞かせた。二人には距離が必要で、もっと現実を受け入れる必要がある。ただしそうしても、結婚生活をどうするかという決断を下す助けにはならないだろう。休戦状態を理由にレクシーと向き合わずにいるせいで、ニコはつらくてたまらなかった。一度なにか気になるとどうしても考えずにいられなくなってしまうのが彼の性分だった。

無駄な肉のない男らしい顔が緊張し、しかめっ面がひどくなった。この結婚は決して本物とは呼べないし、ハネムーンもまったくの偶然から成功したにすぎない。いや、そんな言い訳は子供じみていないか？

妻など持つつもりはなかったのに、レクシーはいつの間にかニコの本当の妻になっていた。それに、彼の母親と義理の姉ジジともとても仲がよかった。めったに女性をほめない祖母のエレクトラでさえ、レクシーを人生のパートナーに選んだのは賢い選択だったと言った。異母兄のジェイスも、自分の妻と異母弟の妻が日に日に親しくなっているのを歓迎していた。

午後にはアテネへ飛び、ロンドン支社長のリーが極秘に会いたいと言ってギリシアにやってきた問題を至急解決しなければならなかった。リーは些細《ささい》なことでは騒がない冷静な女性だ。ひょっとしたら社員の誰かが途方もないミスをして、彼女は責任を感じているのかもしれない。それとも治る見こみのない重い病にかかったが、今まで内緒にしていたのだろうか？　ほかの理由は思いつかない。

ニコはかつて父親の下で働いていて、ロンドンでもアテネでも誰よりも有能だった年上のリーに好感を抱いていた。部下を管理する能力が高い彼女はニコにも目を光らせていて、彼があまりに長時間働いていると休憩を取るよう促し、健康のために食事をさせ、ときにはしつこくかかってくる電話から守ってくれた。

「起こしてくれればよかったのに！」レクシーが声をあげ、勾配に少し息を切らしながらビーチから追いかけてきた。「出かけるのね？」

「夕食までには戻りたいからね」ニコは彼女の手を取って最後の数メートルを一緒に歩いた。「だが、戻ってこなかったら待っていなくていい」

広々とした玄関ホールへ足を踏み入れた彼は、散乱する小さなサンダルにつまずきそうになった。三つ子は歩きはじめていたが、上手な子もいれば下手な子もいた。イーサンはまだ小さな酔っぱらいのようにふらふらしている。リリーはいちばん足取りが確かだったけれど、砂の感触がいやでたまらないらしい。エズラは歩けるようになったのがうれしいのか、足を濡《ぬ》らすのが大好きだった。

ニコはほほえんだ。かつてはとても壮麗だった父親の大邸宅が徐々に無秩序になっていくのがうれしかった。レクシーが変えてくれたおかげだ。使用人たちも表情がやさしくなり、生活も形式張ったところがなくなり、食事もより気取らないメニューになった。しかし、彼の道徳観だけは以前と変わらず厳格だった。不誠実な行為は許せなかった。自分に嘘《うそ》をついた女性と結婚しているのには耐えられない。今も彼女のことは信用できないままだ。

もっともありうる理由は、ヨークシャーで一夜を過ごしたあと、レクシーが別の男と出会ったことだろう。おそらく彼女は子供とつき合っていた男との血縁を疑っていても、僕に連絡して会おうとは考えなかったのかもしれない。長期間レクシーから音沙汰がなかった事実も、妊娠を知らせようとしたと繰り返す彼女の言葉も疑わしいと思っているのに、ほかにどう考えればいいのか？　とにかく、レクシーが会社に現れていたなら、たとえ事後報告になったとしても僕が知らないわけがない。電話がかかってきていたならリーが相談してきただろうし、手紙が届いていたなら僕のデスクに置いてあったに違いない。

ニコは機嫌が悪そうだ、とレクシーは自分専用のシャワー室を出て思った。二人が一緒に使っている主寝室に、シャワー室が二つあってよかった。しかし、彼は心の内にあるものを話すつもりがないらしい。夫がなにを考えているのか、私には見当がついているのに。

結局のところ、心配したとおりになったのでは？　結婚して三人の子供がいる生活は、〝偽り〟とはとても言えない。やり過ごしたり無視したりできないほど体の相性はよく、二人の関係は本物に近い気がする。またヨークシャーの夜と同じくらい親密になってしまったのが私たちの最初の過ちだった、とレクシーは気づいた。そして最大の過ちは、私がニコに二度目の恋をしていることだ。完全に、永遠に、彼に心を奪われてしまったのはなぜ？　ニコがまだ私の理想の男性でいるから？　でも、その理想の男性には一つだけ大きな欠点がある。ニコは私を今も信じてくれていない。だから、出かけるという話もしなかったのだろう。

レクシーは、ニコがいつ二人の厄介な関係を終わらせてもかまわないと思っているのを感じ取っていた。それでは、なぜ彼は思いとどまっているのか？その質問に答えるのはとても簡単だった。ニコはエズラとイーサンとリリーを愛しているからだ。結婚を解消したら、息子たちや娘と日常的に顔を合わせることはできなくなる。

衣装室から出てきたニコはシルバーグレーのシャツにネクタイを締め、細身の黒のスーツに身を包んでいた。いつものようにその姿は完璧だ。最近、韓国の最大手のＩＴ企業を買収し、彼の企業帝国はさらに拡大していて、まさにＩＴ長者と呼ぶにふさわしい人物となっていた。

「アテネには数日滞在しようと考えている」ニコが静かに言った。「そろそろ仕事にかかりたいんだ。どうせすぐにロンドンへ戻るわけだし」

レクシーは胃がむかむかし、心臓に穴があいたかと思った。「私、あなたについていこうかしら」言葉に自分の気持ちが露骨に表れている気がしてうんざりした。

「君がそばにいると、僕は集中できない」ニコが冷たく返した。「だが、子供たちに会えないのは寂しいな」

でも私に会えなくても、夫は寂しくない。ニコの言葉には明らかに私を傷つける意図がある。〝私に会えないのは寂しい〟とは言わなかったのだから。ニコにとって私は、都合のいいベッドの相手または子供たちの母親でしかないのかもしれない。ひどい人ねと思い、レクシーは怒りを胸に燃えあがらせた。私にはその二つ以上の価値があるわ！

ニコは足早に階下に下りていき、操縦士の待つヘリポートへ向かっていった。彼が会社のロゴが特徴的なヘリコプターに乗りこむと、機体はすぐに轟音《ごうおん》とともに舞いあがり、アテネに向かって飛んでいった。

いつ帰るかわからない夫をおとなしく待つつもり

など、レクシーにはなかった。そうよ、絶対にするものですか！

どんな人生を送るか、私は決めなければいけない。終わりが決まっている偽りの結婚生活を始めてしまったせいで、ニコも私も幸せとはとても言えない。それならロンドンに戻って、一人で生きていくほうが理にかなっている。ニコが私とともに人生を歩んでいくことは永遠にないのだから。私は前に進み、将来の計画を立て、地に足をつけて生きていかなくてはいけない。

恥ずかしながらこの一カ月間は、ニコのためにベッドに横たわるくらいしかしていなかった。しかも、二人が分かち合ってきたものすべてをロマンティックだと受けとめていた。レクシーはつけていたゴールドのネックレスを落ち着きなくさぐった。それはコルフ島でジェイスの最高級ヨット、海王号に乗ったときに夫からもらった一点物だった。

このネックレスを首にかけてくれたときのニコのまなざしを、レクシーは思い出した。あのときの彼は私が世界にたった一人しかいない女だと思っているみたいで、百パーセントの注目を向けてくれていた。でも、あれはきっとニコが持つカリスマ性のなせるわざだったのだ。だから私は本当は違うのに特別な存在だという気持ちになったけれど、今は傷ついている。夫と過ごした一秒一秒がもはやつらい。どんな仕草も、どんな情熱的な行為も、どんなやさしい言葉も、ニコにとってはなんの意味もなかった。彼はただ言い争いにならないよう私を満足させていただけ。満足した女は波風を立てないからだ。

そのことを忘れてはだめよと自分に言い聞かせながら、レクシーはジェイスの妻ジジに電話をかけた。彼らがその日の午後、飛行機でロンドンに戻るのを知っていたので、同行してもいいかどうか尋ねる。

「ニコはあなたにアテネへ一緒に来てほしいと頼ま

なかったの？」義姉が驚いた口調できいた。

屈辱のあまり、レクシーは頬を炎のように赤く染めた。「ええ。ニコはいつ帰ってくるかわからないから、ひと足先にロンドンへ行っておいたほうがいいんじゃないかと考えたの。あなたたちが今日出発するのを知っていたから、私や子供たちやナニーたちも乗せていってもらえたらと思って」

「もちろんよ。でも、まずジェイスに確認させてね」ジジがゆっくりと言った。おそらく、レクシーを突き動かしているものがなんなのか突きとめようとしているのだろう。

「彼がいやだと言うと思っているの？」レクシーは緊張しつつも質問した。

「いいえ、ジェイスはそう思っていても口に出す人じゃないの。それに、あなたにはあなたの理由があるのよね？」ジジが穏やかに答えた。「私が断っても、今日ロンドンに向かいたいのなら、あなたは自分で航空券の予約をするんじゃないかしら。それくらいなら私たちと一緒に行きましょう。お互いの子供の面倒を見ながらね」

レクシーがファロス島から出ていこうとしているとき、ニコはアテネの本社に到着した。リーは階上の彼のオフィスで待っているはずだと思いながら、見知った顔に手を上げて挨拶する。緊張した面持ちで日差しが明るい部屋へ入っていくと、黒髪を上品なシニヨンに結いあげ、澄んだ青い瞳を持つ年上の女性がいた。

「単刀直入に申しあげます」リーの声は小さくおびえているようだった。「私の退職願を受け取ってもらえないでしょうか」

「いったいどういうことだ？」あまりに予想外の言葉に、ニコは顔をしかめた。

「私はあなたに近しい人を信じた結果、間違った判断をしてしまいました。私がなにをしたかを説明したら、あなたは怒りを抑えられないに違いありません」リーが暗い口調で続けると、ニコのほうへ歩いてきてデスクに薄いファイルを置いた。「全部、ここに記録しておきました」

「僕に近しい人だって？」ニコは黒檀《こくたん》と同じ色の眉をひそめ、ファイルに手を伸ばした。家族を除けば、近しいと呼べる人は数えるほどしかいない。自立心を重んじる彼は、自分の決断が他人の影響を受けないよう気をつけていた。父親は仕事に関して秘密主義だった。その唯一評価できる点を、僕はまねているのだろう。

「ミス・ブーラスのことです」リーが答えた。身を乗り出してきた年配の女性に、彼は当惑した。

「アンゲリキは僕の仕事になんの関係もない」

「秘密にしてくれと言われていたんです」リーが悲しげに続けた。「彼女の言うことを聞き、アドバイスに従った私が愚かでした。これを見てください」

リーが差し出した携帯電話の画像を見て、ニコは凍りついた。写っていたのは遠い昔の夜、ヨークシャーにある彼の隠れ家のキッチンで野菜を切るレクシーの姿だった。ニコはレクシーがよそを向いている隙にその写真を撮ったと思っていたが、あとでいくら携帯電話の中をさがしても見つからなかった。てっきり、あわてていたせいで撮影に失敗したのだと思っていたが……。「この写真をどこで手に入れた？」

「ミス・ブーラスが確認のためにくれました」年配の女性が説明した。

ニコは胃が沈んでいくような感覚に襲われた。

「なぜアンゲリキがそんなことを？　確認のためとは？」

「ミス・ブーラスが私に会いに来たんです。二年前くらいに。彼女はあなたには非常にしつこい女性のストーカーがいて、あなたをひどく苦しめていると言いました」

「ストーカー？」ニコは信じられないというように声をあげた。「人生でストーカーがいたことは一度もない。この女性……レクシーは僕の妻だ！」

「そうなんです。結婚式の写真をネットで見て、私は彼女があなたの人生の一部なのに気づきました」

リーが顔をしかめた。「でもミス・ブーラスの言うことを信じて、頼まれたとおりにしてしまったんです」

「アンゲリキになにを頼まれたんだ？」ニコは厳しい口調で問いつめた。

「この女性――つまり、あなたの人生に無理やり割りこもうとしている不愉快な見知らぬ女性から、あなたを守ってほしいと言われました。ミス・ブーラスからはあなたがこの状況を恥ずかしく思っていて、内密に問題を解決しようとしていると伝えられていました。私は、あなたならそうしても不思議はないと考えてしまって……」リーが後悔をこめてつぶやいた。「会社で大騒ぎになるのはいやでしょう？」

「リー、僕にストーカーはいない！」ニコは力強く繰り返した。「アンゲリキがこんなばかげた話を君に持ちかけたのが信じられない」

リーが深刻な顔になった。「でも実際、彼女は持ちかけてきました。その提案や指示はとても具体的でした。届いた手紙はすべて破棄するよう言われていましたが、いずれ裁判になったときに証拠として必要だろうと思い、取っておいたんです。ストーカーだと言われた若い女性がかけてきた電話や訪問の記録も取っておきました」

「僕の妻の？」気分が悪くて、ニコはうまく声が出せなかった。手紙も訪問も、レクシーが言ったとおりだったのか。

「結婚式の写真を見て、私はミス・ブーラスに従ったこと、彼女の言葉を信じたことで非常に重大なミスを犯したのを理解しました。あなたがストーカーと結婚するなんてありえませんから」

「それはどうも」ニコはつぶやき、呆然《ぼうぜん》としながら豊かな黒髪に手をやった。ハンマーで殴られたに等しい衝撃とともに、真実を理解する。実際、まるで煉瓦《れんが》の壁に体あたりしたような気分だった。それ以上はなにも言えなかった。

頭の中に携帯電話から消えたレクシーの電話番号の記憶がよみがえった。彼女が気づかないうちに撮ろうと急いだせいで撮れなかったのだろうと思っていたから、写真についてはあまり気にしていなかった。ニコを除けば携帯電話のパスワードを知っているのはただ一人、幼なじみのアンゲリキだけだった。携帯電話を自由に見られた彼女のせいで、僕はレクシーに連絡できなかったのだ。

それに、ニコが無邪気にレクシーの話をした唯一の人物もアンゲリキだった。ヨークシャーから戻った日、彼はレクシーと過ごした時間に有頂天になるあまり、ようやく電話をかけてきたアンゲリキに〝理想の女性に出会った〟と話し、名前も含めたさまざまな情報を熱く語ったのだった。

なんてことだ、僕は大ばか者《テオス・ムー》だった！　当時を思い返したニコは、ふったばかりの女性にほかの女性の話をするのはよほどの間抜けだけだと悟った。ただ、そのときはもう親友を異母妹としか思っていなかったのだ。

「私はあなたの妊娠した奥さまを会社の外まで案内するよう、警備員に指示するという最悪なことまでしてしまいました。でも、あなたを迷惑行為や不必要な騒動から守るのが私の義務であり仕事だと思ったんです。私はミス・ブーラスを信じていました。あなたが彼女を信頼しているのは知っていましたし、私もあなたの結婚式の写真を見るまではそうでした。

だからこそ、真実を伝えなければならないと悟ったんです。時間を取らせてしまいました。こんな話を聞いて驚いたでしょうね」

「ショックで……言葉にならないな」次の瞬間、ニコは強い口調で話し出した。「だが君は悪くない。僕もミス・ブーラスを信頼していた。この件で辞めるのは許さない。妻にはなんとか説明する。その結果は僕が甘んじて受け入れる。そうでなくては」

「奥さまがロンドン支社にかけてきた電話はすべて記録し、手紙もすべてファイルにおさめてあります。もちろん、手紙は未開封です」年配の女性がきまり悪そうに言い、デスクの上のファイルを示した。

「本当に申し訳ないことをしました。あなたがこういう行動を嫌うのはわかっていたのに」

だが、アンゲリキはこういう行動が好きだった。

ニコは鬱々と考えた。ずる賢い策略家のアンゲリキは僕の会社にやってきては嘘をつき、社員がレクシーを信用しないようにした。それどころか彼女はストーカーだと吹きこみ、望まれず歓迎もされないのに僕に会おうとする女性だと思わせるために裏で動いていた。

レクシーからの連絡を待ちこがれていた一年半前を思い出して、ニコは吐き気を覚えた。まるで人生が突然過去に戻され、そのときに感じただろうことを追体験させられている気分だ。彼はすさまじい怒りがこみあげてくるのを抑えられなかった。まずアンゲリキに会い、自分たちは母親の違うきょうだいなのだと伝えなければならない。

ニコはあらためてリーの退職願を退け、自分が長い間アンゲリキを信じていたせいで彼女はだまされてしまったのだと告げた。そしてオフィスを出て、幼なじみが住むペントハウスを訪ねた。

家政婦がドアを開け、ニコを風通しのいい応接室に案内すると、アンゲリキはソファに寝そべって雑誌を読んでいた。薄手のローブからはセクシーなランジェリーがのぞいている。

アンゲリキは立ちあがるとローブを直しもせず、美しい顔に笑みを浮かべた。「ニコ……あなたならいつでも歓迎するわ」

「なにか着てくれ」彼はぶっきらぼうに告げた。

「僕の話を聞いたら、君は歓迎したことを後悔するだろうな」

大げさな動きで、アンゲリキがローブの紐《ひも》を結んだ。すばらしいスタイルが自慢なので隠したくなさそうだった。

「僕の妻、レクシーのことで来た」幼なじみの顔が引きつったのを見て、ニコはわざわざ〝僕の妻〟と言ってよかったと思った。「僕から話を聞いて、君は僕たちを会わせないようにしたな」

アンゲリキが細い眉を上げた。「そうよ。あなたったら十代みたいに彼女にのぼせあがっていたから、ばかなまねをしないようにしてあげたの。あんなに浮かれた姿は見たことがなかったわ」

「君に打ち明けた僕がばかだったよ。君は僕の携帯を勝手に触ったな？　写真をコピーして削除し、レクシーの電話番号も消して、僕が二度と彼女に会えないようにありとあらゆる汚い手を使ったんだろう？」

「あなたが大きな間違いを犯そうとしていたからよ！　私は親友としてあなたを守ろうとしたの」

「守る必要なんてなかった。僕は大人だ。なにもわからない世間知らずじゃない」

「でも、生まれて初めて女性に夢中になってたわ！」アンゲリキが激昂《げっこう》した。「あなたは自分がなにをしてるのかわかってなかった。彼女と別れてまだ数時間しかたっていなかったのに、今電話したら必死に見えるだろうかと心配してたじゃないの！」

「君は僕に大切な人を切り捨てさせ、さらに妊娠中の彼女が支えを必要としていたときに連絡させなかった。だからアンゲリキ、君が守ろうとしたと言っても感謝なんかしない。君は僕から三つ子の誕生の瞬間を見る機会を、彼女と子供たちと過ごす時間を永遠に奪っただけだ！」我慢の限界に達し、ニコはどなった。「ロンドン支社の支社長は、君がレクシーの写真を渡してストーカーだと言ったと白状した」

異母妹が数歩後ずさりし、顔をくしゃくしゃにした。「ああ、リーがしゃべったのね。私の仕業だとは気づかれないと思ってたのに」

「他人の人生をだいなしにするのはやめろ。許しがたいまねだ。なぜそんなことをした？　僕が君じゃなく、彼女を求めていたから嫉妬したのか？」

「ばか言わないで。嫉妬なんかしてないわよ」アンゲリキが嘲笑した。「あなたが誰と関係を持とうとどうでもいい。でも、彼女は私のじゃまをした。だから許せなかったの」

ニコは手を上げた。「わかったよ、アンゲリキ。だがもし今度こんなまねをしたら、ただじゃおかないぞ！　君とは関係を持ってもいないのに、なぜレクシーがじゃまをしたと思ったんだ？」

「あなたが結婚したい女性と出会った、と言ったからよ！」アンゲリキの口調は怒りに満ち、黒い瞳は冷たかった。「あなたが彼女に与えた妻の座は私のであって、彼女のじゃない！　私たちならギリシアのセレブ夫妻にもなれた。あなたはずっと私のものだったじゃないの、ニコ。でも、私があなたの運命の相手だって気づくのを待っていたら――」

「違う。僕たちは決して結婚できない」ニコは冷酷な口調で宣言した。「男女の関係になることもないんだ。なぜなら君は僕の妹だから。父親が同じなんだよ」

美しい顔をショックでゆがめ、アンゲリキが後ずさりした。「ありえないわ。パパにひどいことをしたからと言って、ママはあなたのお父さんをずっと嫌ってたのに」

「だが二人は関係を持ち、結果として君が生まれた。受け入れてくれ」同情などみじんもわかず、ニコは肩をすくめた。「君が受け継いだ遺産は、遠い親戚のものではなく父の私財の一部だった。君が父の血を引いているからだったんだよ」

アンゲリキが世界が崩れ落ちたというような恐怖のまなざしでニコを見つめた。「そんな、信じられない。だって、私があなたのベッドに忍びこんだとき――」

「僕たちの間にはなにもなかっただろう？」彼はさえぎるように告げた。

「いつから知っていたの？」

「父の遺言が読みあげられたあと、手紙を渡されたんだ。そのときに言おうと思っていたんだが、君が僕のベッドに忍びこんだりしたから、落ち着くまで言いたくなかった」

「あなたが私の兄……」アンゲリキが青ざめた顔でつぶやいた。「いつも私をばかにする、あのジェイスも兄だっていうの？」

「君と僕はもう友達じゃない。今後、友達に戻ることもない」ニコは氷のような声で言い放った。「レクシーにあんなまねをしたんだからな。ストーカーだと君が嘘をついたせいで、レクシーが妊娠中に僕の会社から追い出されたのを君は知っていたのか？たぶん、気にもしていないんだろうな」

「そのとおりよ」アンゲリキが苦々しげに言い返した。うつろな黒い瞳は亡き父親そっくりだった。

「どうでもいいわ。ディアマンディス家の人たちって自分のことばっかり。あの夜、あなたが私とベッドをともにしてくれていたらよかったのに……それなら少しは清廉潔白な自分を汚らわしいと感じたでしょうにね。あなたなんてこっちからお断りよ！」

ニコはきびすを返し、安堵《あんど》感とともにペントハウスを出た。母親に会って、アンゲリキがなにをしたかを報告するつもりだった。

僕は再会したその日からレクシーとの関係をだいなしにしていたのだ。自分の信念にこだわるあまり、まわりが見えず、寛容になれなかった。レクシーには欠点のない完璧な理想の女性であってほしかった。信じられないことに、彼女は本当にそういう女性だった。

かつてアルゴスが幼い僕にいらだち、壁にたたきつけて入院させたとき、夫がいちばん大事だった母はあの男がしたことに言い訳をしたり嘘をついたりしてかばった。それに多くの女性たちは僕を追いかけ、富や地位、一緒に写真に写ることでつかの間の名声を得たいと望んだ。唯一の親しい友人だと思っていたアンゲリキも、異母妹だとわかるまでずっと僕との結婚を望んでいた。彼女はジェイスよりも僕よりも冷徹で計算高く、手段を選ばないところがアルゴスにそっくりだ。欲しいものは手に入れずにいられず、そのためならどんな手段も辞さない。

ジェイスのことは信頼しているが、話をするようになったのは父親の死後で、しかも異母兄は他人と親しくなることに用心深かった。

つまり欠点があったのは僕のほう、幼くして誰も信用できないと学んだ僕のほうだった。

ジェイスがレクシーと三つ子を連れてロンドンに飛ぶと電話をかけてきたとき、ニコはウイスキーをがぶ飲みして自己嫌悪に陥っていた。僕はまたしても妻を傷つけた。だから、レクシーは僕のもとを去っていこうとしている。妻と子供たちを失うのはまさに当然の報いなのだ。

10

「父は信託財産の規定でロンドンのタウンハウスをニコに遺《のこ》せず、僕に遺すしかなかったんだ。だから亡くなる少し前に、通りの向かいのタウンハウスを買って弟に遺した」ジェイスが言った。

「すごく便利な場所ね」レクシーは興奮しながら窓の外に広がる緑豊かな広場を眺めた。その中央には手入れの行き届いた庭園があった。「お父さんのフアロス島の絢爛《けんらん》豪華な家と同じで、中も堂々としているんでしょうね」

「中に入ったことはないんだ。意見を聞きたいなら、君が招待してくれないとね」

「いつでも訪ねてきて」レクシーは温かく返した。

義兄夫婦が近所に住んでいるのがうれしかった。けれど自分の問題だらけの結婚生活をジジには打ち明けられなくて、メルに会いたいと思っていた。すでに親友にはメールでいつ到着するか、どこに泊まるかを知らせていた。

「ニコに電話をしたら、君のロンドン行きをあまりよく思っていないふうだったな。まさか、弟を捨てるつもりじゃないよね?」ジェイスが尋ねた。「君ならあいつを幸せにできる。君が現れてから、弟はよく笑うようになった。ディアマンディス一族の中でいちばんまじめなやつなんだよ」

レクシーは顔を赤らめた。「まさか、捨てるつもりはないわ」できる限り確信をこめて宣言したけれど、実のところ、自分がなにをしているのかわかっていなかった。

子供たちと養育係《ナニー》たちと通りの向かいにあるタウンハウスに入り、デクスターと名乗る執事とアグネスと名乗る家政婦に迎えられたときも、レクシーは心ここにあらずだった。それでも到着前に電話で子供たちのために広い子供部屋が用意できているか、そして三人のナニーが寝起きするための部屋が使用人用の区画にあるか確認していた。

玄関ホールは足元のジョージ朝様式のタイルから壁の美しい羽目板まで、時代を超越した趣があった。家具はアンティークだが、金箔《きんぱく》や華美な装飾が施されたものや大きすぎるものはない。シンプルなデザインがすばらしく、優美さは現代的とさえ言えた。

その夜ニコは電話をかけてこなかったし、レクシーも電話をかけなかった。今すぐ別れることもできるけれど、夫の家族を悲しませないために数カ月はおとなしくしておこう。もし別れるなら威厳を持って、大騒ぎはしない。結局のところ、二人の結婚に愛はなかった。結婚という言葉よりも契約とか共同生活と言ったほうが適切だった。私がニコとベッドをともにし、彼にもう一度恋をしたからといって、二人の関係が魔法みたいに改善するわけじゃない。

ニコは二日後の夕食に現れた。それまで電話は一本もなかった。ベビーベッドに寝かせようとしてもエズラは落ち着きがなく、レクシーはふと顔を上げた。するとドア口に夫がいた。最後に会ってから彼になにがあったのかしらと、彼女は思った。目の下には濃いくまができていて、顎と緊張した口元には無精ひげが濃く生え、シャツの襟元のボタンははずれ、ネクタイは首にだらしなくぶらさがっている。

「疲れているのね」彼女は硬い口調で言った。

「君と離れてから今まで大変だった」ニコが重々しく返事をし、ベビーベッドへ近づくと、すぐさま伸びてきたエズラの小さな手を握りしめた。

リリーのベビーベッドから甲高い声が聞こえ、しばらくして娘のぼさぼさの頭が手すりの上に現れた。ニコがリリーを抱きあげて、もう一度ベビーベッドへやさしく寝かしつける。その間、娘はときおり単語がわかる程度の意味不明な言葉で父親に話しかけつづけていた。ニコはイーサンも起きているのではと期待して三つ目のベビーベッドをのぞきこんだが、二人目の息子はいつもと同じく死んだように動かなかった。疲れきっているときはめったなことでは目を覚まさないのだ。

　レクシーはどうしたのだろうと思ってニコを観察した。シルバーグレーのスーツはイタリア人デザイナーの手によるもので、彼の大柄な体に合わせて仕立てられており、すばらしくよく似合っていた。長距離を移動してきた疲労がにじんでいても、セクシーな魅力は変わらなかった。

　ニコが短い黒髪を長い指でかきあげた。「シャワーを浴びて、ひげを剃《そ》ってくる――」

「あなたは少し眠ったほうがいいんじゃないかしら？」レクシーは言った。

「いや、話したいことがたくさんあるんだ」ニコの声は暗かった。「夕食のときに話そう」

　彼女はたじろいだ。「今、話してもらえない？」

「いや、僕は君にひどいことをしてしまった。世間話みたいに軽々しくは話せない」

　そうするつもりはなかったのに、気づくとレクシーは夫のあとを追って寝室へ向かっていた。家具が美しく配置された部屋には落ち着いた雰囲気があり、ファロス島にあるニコの父親の華美な大邸宅とは大違いだった。「どうしてこのタウンハウスはファロス島の家と全然違うの？」

　ニコはシャツを半分脱いだところだった。引きしまった褐色の筋肉質の体をひねり、彼が振り返った。その唇には苦笑が浮かんでいた。「ここは父が死ぬ直前に買ったもので、内装は僕が手がけた。インテリアデザイナーを雇い、もともとの雰囲気を尊重してほしいと頼んだんだ。父なら自分の好みに染めあげていただろうが」

ニコがジーンズにTシャツ姿の小柄で華奢《きやしや》なレクシーをじっと見つめた。彼女はシンプルな格好をするのが好きだった。あまり派手なデザインは好きではなく、ハイブランドや肌の露出が多すぎるものを欲しいとは思わなかった。それでもレクシーは美しかった。ブロンドの髪はシルクのようにやわらかく、体はほっそりしていて、輝く瞳はアクアマリンを思わせた。

夫が浴室に姿を消すと、レクシーはベッドにどさりと腰を下ろした。自分を見ているときのニコの目に深い痛みが浮かんでいたのを思い出して、胸が苦しくなり、泣きそうになった。ニコは私に対する不満をもはや抑えきれなくなっているのかしら？　私はただ、彼に幸せでいてほしかっただけなのに。

韓国やファロス島にいたときの夫は幸せそうに見えた。でも私が幸せだっただけで、ニコは違ったのかもしれない。私がそばにいない間、ニコがどう思っていたかはわからない。ギリシアを発《た》って以来、一度も電話をかけてこなかったのも、私がいなくても寂しいとは思わなかったからだろう。癇癪《かんしやく》を起こさない限り、ニコは感情を表に出す男性ではない。癇癪を起こしても口数は多くなく、暴力をふるうこともなかった。本当は感情豊かなのに、私の前では隠しているのだろうか。

あの人は、あなたが富と安定した暮らしのために結婚したのを知っているのよ。レクシーは衣装室へ行き、ワンピースを選びながら自分に言い聞かせた。アンゲリキの競争相手になれるわけでもないのに、大騒ぎをしてもしかたない。ニコは彼女にあまり魅力を感じていないようだけれど。とはいえ、よれよれのTシャツを着て夫と食事をするほど、私は自堕落な女じゃない。

浴室にはすでに誰もいなかったので、彼女はシャワーを浴びてさっぱりしてから服を着替えた。

ニコは洗った髪を乾かさずにシャツを着て、ジーンズをはいていた。

「おかしいわね」レクシーは残念そうに言った。「私は夕食のためにドレスアップしたのに、あなたはドレスダウンしている。私たちの相性の悪さがよくわかるわ」

「違う」ベッドに腰を下ろした妻が両手を固く握り合わせるのを見て、ニコは深く息を吸った。「僕は君に会いたかったんだ――」

「私を連れていくこともできたのに」彼女が言った。

「そうしなくてよかったよ。おととい の夜、僕は泥酔してしまって、まだその影響が残っているんだ。この二日でいろいろつらい真実が明らかになったんだが、うまく受けとめられなくてね」

レクシーが美しい眉をひそめた。「つらい真実ですって?」

「つらいどころじゃなかった。僕自身の過ちと向き合っていたんだ。だから、すぐに君のところへ行って説明しても、うまくできるとは思えなかった。今夜ならできると言うつもりはない。だが、精いっぱい努力するつもりだ」ニコは厳しい口調で言った。

「これからは同じ屋根の下に住むとしても、私たちは、その……なるべく顔を合わせないようにしたほうがいいと思うの」彼女の声は震えていた。「あなたから子供を奪いたくないし、あなたが私を憎んでいても、私はあなたを嫌いじゃないから」

ニコはぎょっとした顔でレクシーを見た。「そんな暮らし方はしたくない」

「でも、そのほうが私たち二人にはいいのかもしれないわ。今のあなたは幸せじゃない――」

「続きはあとにしよう。言っておくが、君の言葉は間違っている。理由もあとで説明するよ。幸せじゃないのは君のほうだ。そうだとしても責める気はな持ちに気づいていない。「それでも僕の説明を聞いたら、変わるかもしれない――」

「人は変わらないわ」レクシーがため息をついた。

「変わるかどうかはその人のやる気しだいだ。食事をしよう。それから、アンゲリキの話をさせてほしい」ニコはそう言って彼女の手を取り、階下へ連れていった。

「アンゲリキの?」レクシーがとまどいながら尋ねた。

「ああ。それにロンドン支社の支社長のリーと、母の話もだ。この二日、僕は彼女たち全員と話をした。目から鱗《うろこ》が落ちる内容ばかりで、とても不愉快な経験だったよ」

執事のデクスターが見守る中、メイドが前菜を運んできた。レクシーはワイングラスを持ったけれど、ニコは自分のワイングラスを押しのけ、別のグラスに水を注《つ》いだ。


「アンゲリキの話って?」彼女は不安そうにきいた。

「僕とアンゲリキは一緒に育った。彼女の母親のレアは僕の母の親友だから、二つ年下のアンゲリキと顔を合わせる機会は多く、僕にとっては妹のような存在だった」彼が顔をこわばらせた。「アンゲリキのことは家族同然だと思っていたよ。十代のころの僕はおとなしい優等生で、父に失望されていた。兄のジェイスのように自由奔放だったらよかったとね。アンゲリキは明るくて、好奇心旺盛で、僕とはなにもかもが正反対の楽しい友達だったよ」

「友情は続いたんでしょう――」

「ああ、君に出会う数カ月前、アンゲリキが僕のベッドに潜りこんでくるまでは。僕は彼女を拒絶した。予想もしていなかったから」

そんなことをされたのがショックだったんだ。

レクシーは顔をしかめそうになった。人の心を読むのがあまりうまくないニコは、まだ幼なじみの気持ちに気づいていないのだ。「アンゲリキはずっとあなたを自分のものにしたかったんでしょうね。私は彼女に初めて会ったときからそう思っていたわ」

だからきかずにいられなかった。「そのとき、あなたたちはベッドをともにしたの？」

ニコが不思議そうな顔をした。「まさか、していない。僕にそういう気はなかったし。彼女は拒絶されたのが相当こたえたみたいだった」

「想像できるわ」自分の予想があたっていて、レクシーは安堵《あんど》した。

「何週間もアンゲリキは電話に出てくれず、僕は申し訳ない気持ちになったよ。それから父が亡くなり、僕に爆弾のような手紙を遺した。そこにはアンゲリキが僕の母親違いの妹だと書いてあったんだ」

「なんですって？」レクシーは息をのんだ。

「だがアンゲリキが僕のベッドに潜りこんできたせいで、すぐには話せなかった。その記憶が薄れてから話そうと思ったんだ」

レクシーはその理由にうなずいた。しかし、あの意地の悪いアンゲリキが実はディアマンディス家の一員だったとわかって動揺した。

「そして僕は君に出会った。同じころアンゲリキが連絡してきたから、君の話をしたんだ」

「私の話を彼女にしたの？」レクシーは驚いてきき返した。

「ああ。本当に愚かだったよ」ニコが唇をゆがめた。「アンゲリキによると僕は十代の若者のように君を大絶賛し、彼女は競争相手が現れたと思ったらしい」

レクシーはうろたえた。「私じゃ、アンゲリキみたいな美女の競争相手にはなれないわ」

「なにを美しいと思うかは見る人による。僕は君をひと目見たときから、その美しさに見とれていたよ」ニコが言った。「アンゲリキの十倍は魅力的な美女だ」

レクシーは驚いてニコを見つめた。どうやらこの人は本当に私が異母妹よりずっと魅力的だと信じているらしい。でもそれは、アンゲリキを家族だと思っているからだろう。しかも、彼の記憶はちょっと美化されている。ヨークシャーで車が横転したとき、私がどれほどひどい顔をしていたか。鼻と耳は寒さで真っ赤で、顔には血の気がなかった。

ニコが一冊のファイルをテーブルの上に置き、レクシーのほうへ押しやった。「これはおととい、支社長が僕に提出したものだ。ここには君がかけたすべての電話の記録があるうえに、僕宛ての親展扱いの手紙も入っている。だから酒を飲まずにいられなかった。手紙を読んで、君がどれだけ一人で多くを背負っていたかを知って打ちのめされたから」

「理解できないわ」レクシーは弱々しい声で言った。「私が手紙を出したのに、あなたは受け取っていなかったというの？　どうしてそうなるの？　支社長のせい？　なぜその人はあなた宛ての親展扱いの手紙を隠したの？」

「アンゲリキが君を僕のストーカーだと言ったせいだ」

「あなたの……なんですって？」レクシーは信じられず、言葉が出てこなかった。

「彼女は支社長のリーに君の写真を見せてストーカーだと信じこませ、君が僕を困らせているという嘘《うそ》を吹きこんだんだ。僕たちの結婚式の写真を見て、リーは自分の間違いに気づいたんだよ」

「その人もなにも知らなかったのね」レクシーは小さな声でつぶやいた。ニコに会うために会社まで行くという無駄な努力をしたとき、氷のように冷たく礼儀正しい女性と話さなければならなかったのを思い出していた。リーは無礼でも無愛想でもなかったけれど、約束のない人は取り次げませんと丁寧だがよそよそしい口調で言って、あくまでもレクシーを受け入れようとはしなかった。

「いや、本当の問題は、リーが母親のような態度をとることにある」ニコが顔をしかめた。「リーはまだ幼い僕が父の会社に出入りしていたころから僕を知っている。ストーカーが僕を狙っているとアンゲリキに言われて、彼女は僕を全力で守ったんだ。それが自分の仕事だと思って」

「そうだったの……」メインディッシュの皿が置かれて、レクシーは口をつぐんだ。料理はすばらしい見た目だったけれど、食欲はなくなっていた。彼女はワインを飲んだ。

「リーが僕の知らないところでなにがあったかを教えてくれたあと、僕は君が書いた未開封の手紙を読んだ」ニコが認めた。

レクシーはまばたきをしただけでなにも言わなかった。手紙はずっと前、絶望的な心境で書いたものだった。彼女は身震いしてワインを飲みほし、黙って座っていた。

「僕は君の手紙を読んで最低の気分になり、すっかり打ちのめされた。酒を浴びるように飲まずにいられなかった。なにかになぐさめを求めたかったが、そんなものは一つもなかった。僕は君を失望させた。避妊に失敗して妊娠させたのに、君を助けることも支えることもしなかったんだから」ニコは感情もあらわな口調で語りつづけた。「君が一人ぼっちで耐えていた一年半については、なにをしてもうめ合わせはできない。君のほうが正しかったんだ。君は僕に連絡を取ろうとしたが、アンゲリキの策略にはまった。彼女が隙を見て僕の携帯電話を操作し、君の電話番号を着信拒否していたとは思いもしなかったよ。僕は大金をかけて君の居場所を突きとめ、どこで働いているのか調べようとしたが、姓すらわからなかったせいで断念せざるをえなかった。そのことも僕の考えの甘さを物語っている」

「私たちが出会ったとき、あなたは私との関係をどうするかはっきり決めていなかったんでしょうね」レクシーは無力感を覚えながら言った。「私も洗礼式に出席するためにあなたの家を出ていったことを後悔していたの」

「どうしてだ？」ニコが驚いて尋ねた。「友人との約束を守った君を、僕は尊敬していたのに」

「私の名づけ子の両親は洗礼式のあとのパーティで大喧嘩《おおげんか》をして、数週間後に別れたの。メールしても返信はなくて、洗礼式に行くと言わなければよかったと思ってた」

「でも、君は友人に誠実だった。僕も同じことをしただろうから、納得したんだ」

「そのせいで、私たちがとんでもない目にあったのに？」レクシーはささやいた。

「ああ。もし君が違う行動をとっていたら、僕は恋に落ちていなかっただろう」

「これ以上はなにも食べられないわ」彼女はつぶやいた。全神経はニコのこわばった端整な顔に集中していた。彼がさらりと言ってのけた〝恋〟という言葉が信じられなかった。「今、あなたはなんて言ったの？」

ニコがナプキンをテーブルに投げた。「出会ったあの夜から、僕は君に恋をしていた」

そして椅子から立ちあがると、デクスターに部屋を出ていくよう指示して、とまどっているレクシーの顔を見つめた。

「演技は終わりだ」ため息をつく。「君は僕の理想の女性だったのに、もう少しで失うところだった。それも一度ならず二度までも」

レクシーはどうにかショックから抜け出した。「あの夜、あなたは私を好きになっていたというの？」

「そうだ。アンゲリキにみっともないと非難されたほど、僕は君にまた会うのが楽しみでしかたなかった。まさにのぼせあがった十代だった。君に会った翌日、どうやら僕は君のことをそんなふうに彼女に話していたみたいなんだ」

「私も同じだったわ」レクシーはテーブルをまわってきたニコに言った。「メルにあなたのことを夢中で話したのに、なんの連絡もなくて、自分が恥ずかしくてたまらなかった」

彼女を見つめるニコの褐色の瞳はきらきら輝き、切望に満ちていた。「君の当時の気持ちを、僕は取り戻せるだろうか？」

恋をしていたという宣言をどう解釈すればいいのかわからず、レクシーは切羽つまって顔をしかめた。次の瞬間、ニコがその場でひざまずいたので驚いた。

「君の愛を取り戻すためならなんでもする。アンゲリキを信じ、君を疑って申し訳なかった。償っても償いきれないよ」

レクシーは組み合わせていた両手を膝から上げ、小さな指でニコの高い頬骨をなぞるように触れた。

「あなたを許すことはできると思うの」感情がこみあげる中、彼女は言った。こちらを見つめる金色がかった褐色の瞳に夢中だった。

「本当かい？」彼が声をあげた。

「まだ許すと決まったわけじゃないわよ」レクシーは警告した。

「僕の妻でいてくれるなら、最高の夫になると約束する」ニコが膝をついたまま断言した。

「ええ、妻でいるわ」レクシーは確信をこめて言い、夫の豊かな黒髪に手を差し入れた。「あなたにはいいところがたくさんあるもの。正直なのはいいことだわ……特に過ちを犯したときには」

ニコが眉をひそめてうなだれた。「僕は本当にどうかしていた。ジェイスがアンゲリキには気をつけたほうがいいと忠告してくれたのに、耳を貸さなかったんだ。つい最近まで、彼女の悪意は僕に向いていなかったから変だと思わなかった。今後、彼女が僕たちの前に現れることはない」

「でも、アンゲリキはあなたの妹でしょう?」

「だが、それを喜んではいない。アンゲリキと対決したあと、僕は母に会いに行き、母の親友が父の子供を出産していたと知らせた。こっちも楽しくはなかったよ」

「なんてこと」やさしく愛情深いビアンカを思い浮かべながら、レクシーはつぶやいた。「お母さんは傷ついたでしょうね」

「そうでもなかった」ニコが答え、彼女は驚いた。

「母は全部知っていたよ。ずっと知っていたからこそ、子供のころから僕にアンゲリキの面倒を見てやれと言っていたんだ。どうやら父とレアは不倫をしていたわけじゃないらしい。あの男はレアの夫に関する重大な秘密を握っていた。それが明るみに出たら家族は路頭に迷うぞと脅して、彼女に関係を迫ったんだ」

レクシーは嫌悪感に身震いした。「ひどい」

「あいつはレアに、関係を持たなければその情報をばらまくと言った」ニコの顔にもおぞましさがにじんでいた。「彼女は従わざるをえず、アンゲリキという娘が生まれた。その結果、レアの結婚生活は破綻し、離婚になったんだ」

彼女は顔をしかめた。「自分の夫が親友にそんなまねをしたことに、あなたのお母さんは気づいていたのよね?」

ニコが立ちあがった。「そうだ。母と話をしたが、僕にはそこが理解できなかった。母はそういう人なんだ。父がなにをしても許していた。いい人じゃなかったけど、とにかく愛していたからと言っていたよ。父は母も僕も殴っていたが、それでも気持ちは変わらなかったそうだ」

「二人ともお父さんに殴られていたの？」レクシーは顔をゆがめて椅子から立ちあがった。「知らなかったわ」

「言いたくなかったんだ。それに、早くに父からは離れていればいいと学んでいたしね。あの男はいらいらすると癇癪を起こす。すると母は父の気をそらしたり、感情的にならないようにしたりした。それがうまくいかないと、母は僕に言ったよ。お父さんの機嫌が悪いのはとても忙しいせいなんだってね。そういう目にあいながら育つうち、感情を表に出すと、あの男から弱さとみなされるのに気づいたんだ」

レクシーは爪先立ちになり、小さな手でニコの顎を包みこんだ。「知らなかったわ。ごめんなさい」

「君に出会ったときの僕はまだ昔のままだった。今まで出会ったどの女性よりも君を求めているのはすぐにわかったのに、どうすればいいのかがわからなかった。あの夜、君を好きになるなんてどうかしているが、実際そうだったんだ。君のすべてが好きだった。地に足がついていて、率直で、惹《ひ》かれずにいられなかった。それに……」ニコが両手を広げ、いたずらっぽく笑った。「セックスは最高だったし、君ともっと求め合いたかった。アンゲリキがじゃまをしなければ、そうなっていたはずだ」

「でもアンゲリキのせいで、私は一人で三つ子を産んだ。メルがいてよかったわ」レクシーの声には残念な気持ちがこもっていた。「そのどうしようもない現実のせいで、私はあなたを憎むようになった」

「それを忘れられないかな？」ニコがまじめな顔で言った。「もう君に隠しごとはしない。最初から正直になればよかったよ。新婚初夜があああなるとは予想もしていなかった……本当に君とベッドをともにするつもりはなかったんだ」

「あのとき、あなたは私を誘ったじゃないの！」レクシーはニコにかかえあげられ、部屋から連れ出された。「残りの料理はいいの？」

「あきらめるよ。僕は君を誘ったわけじゃない」ニコは小包のように彼女を二階へ運んだ。「ちょっと興奮しすぎていただけだ」

「そうかしら……私がいない間、あなたは何人ものスーパーモデルと楽しんでたでしょう？　ネットで見たのよ」

「だが、その中の誰とも寝ていない」

「あんな美女たちの誰とも？」寝室の大きなベッドに横たえられながら、レクシーは声をあげた。

「ああ。君と過ごした夜から誰ともね」

「でも……」

「最初は君を見つけられると思っていたし、それなら誠実でいなければと考えた」ニコが頬をかすかに染めた。「だが見つからなくても、君に夢中だったせいでほかの誰にも惹かれなかったんだ。あの夜は特別だった。ようやく君を見つけたときは、禁欲を貫いた自分がうれしかったよ」

「それって、私が弁護士を雇ってあなたを調べてもらってたからでしょう？」ニコほどの男性が数多くの選択肢の中から、私以外の誰ともベッドをともにしないことを選んだなんて。レクシーはうれしすぎて頭がくらくらした。彼は私と再会できる望みを失ったあとも誠実でいて、あの夜一緒に見つけたものを大切にしていた。情熱的だった新婚初夜を思い出した彼女は、夫に身をゆだねてよかったと思った。

「私もほかに好きな人はいなかった。誰かと出会うチャンスなんてなかったけどね。私をベッドに連れてきたのにはなにか理由があるの？」

ニコが少年のような笑みを浮かべた。「当然だろう」

「あなたの正直なところが好きよ」

「演技するのはもうたくさんだ。実際は機能不全で暴力に支配されていたのに、僕は完璧な家庭に育ったふりをしていた。母を軽蔑した時期もあった。昨日、アンゲリキが僕の妹だと知っていたと言われたときは、腹がたってしかたなかったよ」

「そうね」レクシーは言った。「でもお母さんはお父さんと出会ったとき、とても若かったんでしょう?」

「母は死ぬまで父を愛していたと言ったが、僕のために一緒にいたとも言った。もし父と離婚しようとしたら、僕を手元に残すために争わなくてはならなかったからと。だが、僕は離婚できない理由にされたくなかった」

「そうでしょうね」レクシーはうなずき、ニコの手を握ってベッドに横たえさせた。「でも、そろそろ非難するのはやめない?」

「やめたくない」ニコが不満そうに言った。「一カ月前、僕は君に戻ってきてほしかった。再会した瞬間、なにがなんでもそうしてもらうと決めていたんだ」

「たとえ私をお金めあてに結婚する女と決めつけてでも?」

ニコが笑った。「君を手に入れられるなら、どんな形でもよかったんだよ」

「私と子供たちをね」レクシーは訂正した。

「僕の家族は君たちだ」ニコがきっぱりと言った。「僕の致命的なミスは君に完璧であってほしいと願うあまり、会えなかった間の責任を押しつけていたことだった。僕は白か黒かでしか考えず、グレーを受け入れられない。だから妊娠中に連絡を取ったという君の話を嘘だと思いこみ、真実から目をそらしてしまった。君を信じて過去を忘れることができなかったんだ」

「私も支えてくれなかったあなたを許せなかった

わ」レクシーはやさしく打ち明けた。「私もあなたが嘘をついていると思ってた。それでもあなたにまた恋をしてしまったのよ」

「本当に？」ニコが驚愕《きょうがく》した。

「ええ」レクシーはブルーグリーンの瞳を彼に向けた。「なんというか、あなたには逆らえないものがあって――」

「君を愛している」

「その言葉を信じてみるわ」レクシーは夫のシャツのボタンをはずした。「また服を着すぎているわね、ミスター・ディアマンディス」

その意味に即座に気づいたニコが、起きあがってシャツとジーンズとボクサーパンツを脱いだ。レクシーが苦労してワンピースのファスナーを下ろそうとしていると、彼が先にファスナーに手をかけ、ワンピースを頭からそっと抜き取った。その間に彼女は靴と腿まであるストッキングを脱ごうとした。

「セクシーだからそのままにしてくれ」ニコがつぶやく。

レクシーは笑い、ブロンズ色に輝く夫の引きしまった体がすばらしすぎて心臓がとまりそうになった。

「ひと目惚《ぼ》れって信じる？」

「信じるよ」

ニコが眉にかかった妻の髪をかきあげて唇を重ねた。「僕はまるで交通事故にあったように君に恋をした。君を見た瞬間、君が話しはじめた瞬間、そして料理を作りはじめた瞬間にもね」

「専属のシェフを雇う余裕のある男性からと考えれば、悪くない言葉ね」彼女は冗談を言った。

「君はどこもかしこもすてきだよ。顔も、笑顔も、誠実なところもやさしい性格も。完璧とはとても言えない男を受け入れる懐の深さもだ」

「でも、その男性も努力はしてるわ」

「僕は君と三つ子にふさわしい男になりたい。両親よりもいい親でなければならないんだ」

「完璧でないとわかってるからこそ、私たちはよりよい関係を築けるんだと思うわ」レクシーはニコに語りかけ、夫のがっしりした顎をやさしく撫《な》でた。「欠点があってもなくても、あなたを愛することは変わらないけど」

「じゃあ、ロンドンに来たとき、僕と別れる気はなかったのかい？」

「たぶん、あなたに目を覚ましてもらいたかったんだと思うの。アテネについてきてほしくないと言われたときは、むっとしたわ。私はあなたから離れたくなかった。これ以上傷つきたくなくて、ここへ来たの」

「二度と君を傷つけないと誓うよ。君を愛している。これから死ぬまでそばを離れないつもりだ」ニコの目は愛に輝いていた。二人はふたたび唇を重ね、一緒にいられる喜びにひたった。そして身も心も一つになると、情熱と欲求を伝え合い、喜びと安心感を味わった。真夜中にキッチンに駆けこんだときは、遠い昔のヨークシャーの夜を思い出した。

「三つ子はお断りだから」ベッドに戻ったレクシーはニコに警告した。

「だが、あと一人くらいはいいかい？」彼がきいた。

「私を説得するには奇跡を起こしてもらわなくちゃ」彼女は言った。「赤ちゃんが一人なのか、二人以上なのかは生まれるまでわからないんだもの」

「その話はまた今度にしよう」懸命にもニコが話題を変えた。「どれだけ愛しているか、僕は君に言ったかな？」

レクシーはにっこりした。「もう一度言ってくれてもいいわ。何度でもかまわない」

エピローグ

五年後

レクシーは義兄が所有するヨットの寝室からテラスに出て、双眼鏡でファロス島の自宅を眺めた。大邸宅は大がかりな改築をへて大きく変わっていた。宮殿のようだった建物は広々とした快適な家となり、活発な幼子たちがいる家族にぴったりだった。

五人も子供がいるなんて。自分がこんなにたくさんの子供たちの母親なのに、彼女はあらためて驚いた。ニコに説得されてもう一人子供を作ろうとしたら、双子の女の子に恵まれたのだ。マディソンとエラは一卵性で、生まれた瞬間から元気いっぱいだった。マディソンは母親譲りのブロンド、エラは父親譲りの黒髪だったが、瞳の色は二人ともレクシーと同じブルーグリーンだ。エズラはビーチでその双子の子守りをしている。

目を凝らすと、その長男が父親のように腰に手をあてて立ちあがり、危険から守ろうと双子に注意しはじめた。エズラは妹たちがかわいくてしかたないのだ。一方、根っからの冒険家のイーサンはというと、ビーチの端にある険しい岩場をのぼっていた。リリーは兄のはるか下に座って、熱心に本を読んでいた。

義母のビアンカはビーチの上に敷物を敷いて座っていて、そばには二番目の夫のマッテオ・ロッシがいた。二十七歳の誕生日を祝うためにレクシーがニコとコルフ島へ行き、ディナーとナイトクラブで一夜を過ごす間、義母とマッテオは子供たちの面倒を見てくれた。

背後で足音がして、双眼鏡がレクシーの手から取りあげられた。

「リラックスするって約束しただろう」ニコが双眼鏡を自分の目にあてて家族のようすを観察した。

「脚の骨を折ったくらいでイーサンが岩をのぼるのをやめると考えるなんて、どうかしていたな」

「まあ、あの子には引退した医者がついているから」レクシーは冗談を言った。生まれ故郷であるイタリアに滞在している間、ビアンカはのんびりした年上のマッテオに出会って結婚したのだった。

「たしかに。彼はいい人だ。母も前より幸せそうだし」

四年前、ビアンカはディアマンディス家の一員でいるのは飽きたと言い出した。そして生まれた村の近くにある古い農場家屋を購入し、孫たちに会うためにロンドンとギリシアへ頻繁に戻る以外の贅沢《ぜいたく》な生活を捨てた。レクシーは義母ととても仲がよかったので、母親を守ろうとニコがマッテオに対してかなり疑心暗鬼になったときは二人の間を取り持った。

子供のいなかった男やもめのマッテオはユーモアのセンスのある陽気な白髪の男性で、二番目の妻にも孫たちにも大きな愛情をそそいだ。二人はときどきイタリアに帰るものの、結婚後はギリシアで暮らしている。ビアンカは今でも定期的に親友のレアと会っているが、アンゲリキはディアマンディス家の人々を注意深く避けていた。ニコもジェイスも異母妹を自分たちの家族には近づけたがらなかった。

レクシーとニコは学校の授業がある期間は子供たちとともにロンドンに住み、夏はファロス島で過ごし、その合間に世界じゅうを旅していた。子供たちをジェイスとジジか、マッテオとビアンカに預けて、二人で出張に出かけることもあった。韓国にも何度か訪れ、街を散策して子供がいない自由を楽しんだりもした。

今夜、レクシーはコルフ島でのパーティでメルと彼女の夫ファーガスに会うのを楽しみにしていた。親友夫妻は休暇でコルフ島に滞在していたので、二人をディアマンディス家の人々に紹介するつもりだった。それに、メルと近況を話すのも楽しみだった。

ニコの指が肩に触れ、冷たく重いものが喉を通り過ぎた。「なに?」レクシーは息をのみ、胸の間にある宝石にあたふたと手をやった。急いで寝室に入り、鏡を見ると、プラチナとダイヤモンドの幅広のネックレスの先に、大きなティアドロップ型のダイヤモンドがぶらさがっている。「すごい! すてきね」

「誕生日おめでとう」ニコが低い声で言い、妻の体に両腕をまわして引きよせた。「ジェイスには食事の時間に遅れると言っておいたよ」

「そうなの?」レクシーは身をくねらせて彼のほうを向き、背伸びをして唇を重ねた。

ニコが飢えたようにキスを返しながらサンドレスのストラップを下ろし、服が足元に落ちる感触にレクシーは笑った。彼女の両手は夫のTシャツの下にすべりこみ、筋肉質の体を撫《な》でていた。

「プレゼントって大好き。このネックレスは今夜着るシルバーのドレスにとてもよく合うと思うわ」

「そうだろうとも。ジジにドレスの色を教えてもらっていたんだ」ニコがTシャツを脱ぎ捨て、レクシーは手の届く範囲の彼の体をゆっくりと愛撫《あいぶ》してから、前がふくらんでいるジーンズのファスナーを下ろした。「さあ、先に進もうか」

彼女は夫をベッドのほうへ押しやった。

「あなたにドレスの色がわかるわけないわよね。一週間もカリフォルニアにいたんだから」

「僕が恋しかったんだな」ニコが意気揚々とジーンズを脱いでにっこりした。

「いつでもそうだわ」

「あれだけ電話したから、君が恋しがるとは思わなかったよ」ニコがレクシーのランジェリーを取ってピンクの胸の先に口づけした。

「でも、ベッドで寝返りを打つたびにあなたがいなかったんだもの」彼女はうめき声をあげた。

会話は終わり、情熱が支配し、二人の体は欲望で張りつめた。ニコが切迫したうなり声とともに彼女の中に身を沈める。

「だから、ジジから毛がふわふわの四本足の生き物をもらうことにしたのか」乱れたシーツに体を投げ出し、彼が荒い息を吐きながら言った。

レクシーはほほえんだ。「ジジは何カ月も私たちのために犬をさがしてくれていたの。子供たちは責任感を学ぶのにちょうどいい年頃だし、ジジもその子なら大丈夫じゃないかって」

「コルフ島に行く前にジジが見せに来るそうだから、僕から話を聞かなかったふりをして驚いてくれ。すごく大きくて元気なやつだったよ」

「イーサンが大喜びするわね」

ニコがレクシーにおおいかぶさり、彼女を抱きしめた。「くるおしいほど切実に、そして永遠に愛しているよ、僕の愛する人《アガプーラ・ムー》」

「私もあなたを愛してるわ」彼女は夫の肩に頬を寄せて言った。「それってたぶん、あなたがまだどうしようもなくきれいだからでしょうね」

仕返しにニコにくすぐられたレクシーは、大きく口を開けて笑った。結局、二人が義兄夫妻との食事に行くことはなかった。

ハーレクイン®

雪の夜のダイヤモンドベビー
2025年2月5日発行

著　　者　リン・グレアム
訳　　者　久保奈緒実（くぼ　なおみ）

発 行 人　鈴木幸辰
発 行 所　株式会社ハーパーコリンズ・ジャパン
東京都千代田区大手町1-5-1
電話 04-2951-2000（注文）
0570-008091（読者サービス係）

印刷・製本　大日本印刷株式会社
東京都新宿区市谷加賀町1-1-1

ISBN978-4-596-72114-3 C0297

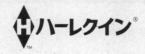

2月13日発売 ハーレクイン・シリーズ 2月20日刊

ハーレクイン・ロマンス

愛の激しさを知る

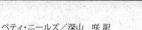

記憶をなくした恋愛０日婚の花嫁 《純潔のシンデレラ》	リラ・メイ・ワイト／西江璃子 訳	R-3945
すり替わった富豪と秘密の子 《純潔のシンデレラ》	ミリー・アダムズ／柚野木　菫 訳	R-3946
狂おしき再会 《伝説の名作選》	ペニー・ジョーダン／高木晶子 訳	R-3947
生け贄の花嫁 《伝説の名作選》	スザンナ・カー／柴田礼子 訳	R-3948

ハーレクイン・イマージュ

ピュアな思いに満たされる

小さな命を隠した花嫁	クリスティン・リマー／川合りりこ 訳	I-2839
恋は雨のち晴 《至福の名作選》	キャサリン・ジョージ／小谷正子 訳	I-2840

ハーレクイン・マスターピース

世界に愛された作家たち
〜永久不滅の銘作コレクション〜

雨が連れてきた恋人 《ベティ・ニールズ・コレクション》	ベティ・ニールズ／深山　咲 訳	MP-112

ハーレクイン・プレゼンツ作家シリーズ別冊

魅惑のテーマが光る
極上セレクション

王に娶られたウエイトレス 《リン・グレアム・ベスト・セレクション》	リン・グレアム／相原ひろみ 訳	PB-403

ハーレクイン・スペシャル・アンソロジー

小さな愛のドラマを花束にして…

溺れるほど愛は深く 《スター作家傑作選》	シャロン・サラ 他／葉月悦子 他 訳	HPA-67

文庫サイズ作品のご案内

◆ハーレクイン文庫・・・・・・・・・・・・・・毎月1日刊行
◆ハーレクインSP文庫・・・・・・・・・毎月15日刊行
◆mirabooks・・・・・・・・・・・・・・・・・・毎月15日刊行

※文庫コーナーでお求めください。

“ハーレクイン”の話題の文庫

毎月4点刊行、お手ごろ文庫!

1月刊 好評発売中!

ダイアナ・パーマー傑作選 第2弾!

『雪舞う夜に』
ダイアナ・パーマー

ケイティは、ルームメイトの兄で、密かに想いを寄せる大富豪のイーガンに奔放で自堕落な女と決めつけられてしまう。ある夜、強引に迫られて、傷つくが…。

(新書 初版:L-301)

『猫と紅茶とあの人と』
ベティ・ニールズ

理学療法士のクレアラベルはバス停でけがをして、マルクという男性に助けられた。翌日、彼が新しくやってきた非常勤の医師だと知るが、彼は素知らぬふりで…。

(新書 初版:R-656)

『和 解』
マーガレット・ウェイ

天涯孤独のスカイのもとに祖父の部下ガイが迎えに来た。抗えない彼の魅力に誘われて、スカイは決別していた祖父と暮らし始めるが、ガイには婚約者がいて…。

(新書 初版:R-440)

『危険なバカンス』
ジェシカ・スティール

不正を働いた父を救うため、やむを得ず好色な上司の旅行に同行したアルドナ。島で出会った魅力的な男性ゼブは、彼女を愛人と誤解し大金で買い上げる!

(新書 初版:R-360)

※ハーレクインSP文庫は文庫コーナーでお求めください。